JOACHIM FERNAU

# *Liebe hin, Liebe her*

JOACHIM
FERNAU

# *Liebe hin, Liebe her*

*Ein sinnlicher Spaziergang durch die Geschichte*

Herausgegeben von
Gabriele Fernau

Mit 5 Abbildungen

HERBIG

Besuchen Sie uns im Internet unter
http://www.herbig.net


Schutzumschlagmotiv: Joachim Fernau, Frühstück zu Zweit
Bilder und Illustrationen: Joachim Fernau
Satz: Schaber Satz- und Datentechnik, Wels
Gesetzt aus 11/14,5 Punkt Palatino in PostScript
Druck und Bindung: Wiener Verlag, Himberg
Printed in Austria
ISBN 3-7766-2221-0

»Liebe sei vor allen Dingen
unser Thema, wenn wir singen.«

GOETHE

# *Inhalt*

*Ein Mädchen liebte …*
11

*Eukineia aus Mytilene*
*schreibt an ihre Mutter in Syrakus*
12

*Warum Liebende sich*
*nicht betrügen*
17

*Über das Begehren*
Ein Briefwechsel
18

*Kriemhildliebe*
22

*Drei dunkle Schläge …*
27

*Frowen dienest*
Die Minne des Ritters Ulrich von Lichtenstein
28

*Es regnet …*
34

*Aufklärung im Alkoven*
36

*Ich wüßte …*
49

*Metsis Hochzeit*
51

*Mond, du machst ein schief Gesicht*
60

*Ist echte Liebe ein Mysterium?*
61

*Schweig still!*
84

*Halt dich gut, Exzellenz!*
85

*Komm nach Wien, ich zeig dir was*
Die Wiener-Kongreß-Szene aus dem gleichnamigen Film
97

*Komm nach Wien, ich zeig dir was*
Die Erzherzog-Johann-Szene
108

*Bildschöne Frauen …*
112

*Großmutters erster Ball, Berlin 1873*
113

*Von Bruthennen und Gazellen*
124

*Lob des Junggesellen*
129

*Wie schön das Spinnennetz …*
135

*Absolvo te*
136

*Liebe ist unbarmherzig …*
139

*Ars amandi für Alexander*
140

*Altmodisches Glück*
147

*Am Morgen danach*
148

*Nun könnten wir doch fröhlich sein …*
151

*Der Gegenwart ins Stammbuch*
152

❦

Ein Mädchen liebte einen Mann,
so innig, wie ein Mensch nur kann.
Er wollt' jedoch nichts von ihr wissen,
er wollte nicht einmal sie küssen,
obwohl sie schön und lieblich war
mit braunen Augen, blondem Haar.
Ein Dummerchen, das ihm gefiel,
das war sein ganzes Herzensziel.
Nun sagt mir doch, falls ihr es wißt,
mal klipp und klar, was Liebe ist.

❦

## *Eukineia aus Mytilene schreibt an ihre Mutter in Syrakus*

Wie die Jahre fliegen, liebe Mutter! Wann bin ich zu Sappho gekommen? Gestern? Ach, es sind nun schon zwei Jahre vergangen. Es muß wohl soviel Zeit vergangen sein, denn ich habe Dir schon achtmal geschrieben. Meine geliebte Sappho sagt, daß für Dich eine Stunde so lang ist wie für mich ein Jahr. Sie sagt, das ist so, wenn sich eine Mutter nach ihrem Kinde sehnt. Aber ich sehne mich ja auch nach Dir, Du schöne, liebe Mutter.

Die Apfelbäume blühen, der Frühling ist da. Wir haben das herrlichste Hera-Fest gefeiert, das Du Dir denken kannst. Wir sind jetzt sechs Mädchen. Die schönste ist Arignota, ein Mädchen aus Lydien, die den Wettkampf um die Schönheit nun schon zweimal gewonnen hat. Sie ist groß, schlank wie ein Knabe und blond. Wenn die Männer sie anschauen, bekommen sie so viele Augen wie Argos. Als der Wettlauf an die Reihe kam, sagte ein Mann aus Athen, der Gast von Pittakos war: »Ach, wenn sie

doch mein wäre, sicher ist sie ein Hermaphroditos!«
Sappho lachte und nannte sie von nun an Kirke, von der Homer erzählt, daß sie die Begleiter des Odysseus zu Schweinen machte. Oh, wie schön kann Sappho lachen!
Die klügste ist Didoma aus Smyrna. Aber sie weiß es nicht, und Sappho sagt es ihr niemals.
Die leidenschaftlichste ist Atthis. Sie ist mit Sappho verwandt und immer in ihrer Nähe. Sie flüstert gern mit ihr und hat eine süße Stimme. Die eleganteste ist sie auch. Beim Hera-Fest trug sie ein mit Edelsteinen besetztes Jäckchen, wie es die reichen Kreterinnen im Hause tragen. Sie hätte so gern die Kallisteia gewonnen. Sappho hat sie besungen:

So tanzten, leichtfüßig, schwebend
im Takt,
einst die kretischen Mädchen
auf der blühenden Wiese
um Aphrodites Altar.

Aber für ihre Tochter Kléis wünscht sie weder Reichtum noch Schmuck. Eines Abends, als wir alle um sie geschart saßen, sprachen wir darüber, wie man sich für Hera schmückt, für

Aphrodite, für Apollon und gar für Zeus. Und plötzlich bat Kléis, die doch sonst so bescheiden ist, ihre Mutter, sie möge ihr doch eine dieser prächtigen Hauben aus Sardes schenken. Wir waren ganz überrascht. Sappho zog ihre dunklen Augenbrauen hoch, aber statt einer Antwort ging sie zur Harfe und sang, ohne nachdenken zu müssen, ein Lied. Ich habe es mir gemerkt. Aber Sappho sang ja äolischen Dialekt, und ich muß es Dir ins Korinthische übertragen, das wir in Syrakus sprechen. Es fehlt auch der schöne sapphische Rhythmus. Man muß alle ihre Lieder in ihrer Sprache hören. Was Du hier liest, ist nur wie ein Spiegelbild im trüben Wasser.

Wenn ich Wünsche hatte, wie du,
dann antwortete meine Mutter:
Ein junges Mädchen soll ihr Haar
mit purpurnen Bändern durchflechten.
Das kleidet sie gut und ist schön.
Blühende Blumen hingegen
wollen leuchtendes blondes Haar,
wie du, Sappho, es nicht hast.
Das sagte meine Mutter.
Doch, Kléis, was du dir wünschst,
eine glitzernde Haube aus Sardes,
wie die Lyder sie tragen,

ich habe sie nicht und weiß nicht,
woher ich sie nehme. Verstehe,
der Herrscher von Mytilene,
den alle sich wünschten,
hat unser beider Leben verändert.
Magst du ihn fragen, ob nicht vielleicht
er sie dir schenkt?

Alle Mädchen sprangen auf und küßten Kléis. Ich sprang auch auf, aber ich umarmte Sappho. Ich glaube, ich werde nie einen Mann lieben, wie ich sie liebe. Ich habe es ihr einmal gesagt. Sie lachte. Eukinea, sagte sie, wenn du einst vor einem Mann stehen wirst – warte, ich werde es dir singen, fuhr sie fort und sang lächelnd:

Du möchtest sprechen,
doch die Zunge versagt,
sie ist schwer,
ist gelähmt.
Die Ohren sind taub
und sie brausen.
Kälte schüttelt dich,
dann wieder Hitze.
Du bebst und weißt nicht, warum.
Du denkst nicht an Liebe, an nichts.
Es wird dir dunkel vor Augen.

Ich weiß, rief ich, ich weiß! Genau so ergeht es mir doch, Sappho! Also liebe ich dich. Natürlich liebe ich dich, erlaube mir doch, es zu sagen. Sappho lächelte. Du täuschst dich, Eukinea, du täuschst dich gleich zweimal. Zum einen sind die Gedanken nicht von mir. Sie sind schon viele, viele Jahre alt und stammen von Homer. Zum anderen, Eukinea, beschreibt Homer damit gar nicht, wie eine Frau vom Blitz der Liebe getroffen wird, wie du glaubst, sondern vom Blitz des Schmerzes. Homer beschreibt Andromache bei der Nachricht von Hektors Tod. Denke darüber nach, Eukinea, wie schrecklich es die Götter eingerichtet haben, daß beides sich so sehr ähnelt. Vielleicht haben Aphrodite und Apoll sich nicht einigen können.
Dieses sagte Sappho mir. Und als sie so zu mir sprach, den Arm um meine Schulter gelegt, bebte ich, wie ich es kenne.
Glaubst du nicht, liebe Mutter, daß es die Götter freut?
Ich habe Dir gesagt, wer die schönste, wer die schnellste, die klügste ist. Die glücklichste aber ist Deine Tochter Eukinea.
Die Götter beschützen Dich!

## *Warum Liebende sich nicht betrügen*

Es läßt sich mathematisch beweisen. Die Formel für die Große Liebe ist:

$a = b$

Der eine ohne den anderen ist nichts:

$a - b = 0$

Ziehen Sie von a auch nur ein Geringes ab, so verliert b automatisch dasselbe:

$a - x = b - x$

Fügen Sie dem anderen einen Schmerz zu, so erscheint er auf Ihrer Seite ebenfalls:

$a + x = b + x$

Also: Man kann sich nicht selbst betrügen.
Verstehen Sie? Nein? Sie sind kein Mathematiker?
Sie sind kein Liebender, daran liegt's.

## *Über das Begehren*
Ein Briefwechsel

Alkaios in Pyrrha
an Sappho in Mytilene.
Was höre ich? Du versammelst junge Mädchen um Dich? Langweilst Du Dich? Liegen Dir nicht wie einst der Helena viele Paris zu Füßen? Oder sind eben sie es, die Dich langweilen? Veilchengelockte, reine, sanft lächelnde Sappho, jage sie fort! Soll ich, wie Odysseus, die Freier vertreiben?
Ich möchte Dich wiedersehen. Hier im Garten stehen viele Rosen. Mich zieht es immer zu einer hin, einer samtenen, dunklen, honigduftenden. Und wenn ich vorübergehe, streiche ich schnell mit der Hand über ihre Blütenblätter, heimlich, damit niemand es sieht, denn ich bin ja der Krieger Alkaios. Doch ich komme nicht mit Schwert und Schild zu Dir, sondern mit der Lyra, und wenn Du mich anschauen wirst, werde ich die Augen senken. Weißt Du, was Homer sagt, wenn ein Mann vor einer Frau die Lider senkt? Er sagt, daß seine Gedan-

ken nicht rein seien. Und das ist wahr, Sappho. Du sollst es wissen.
Es beginnt, Abend zu werden. Du wirst bei Deinen Mädchen sitzen und in die Sterne schauen, zwischen denen gerade das dickbackige Gesicht Selenes aufsteigt. Ich aber lege jetzt wieder die Rüstung um mein Herz, gehe zum Symposion und werde mich, Spottlieder singend, betrinken. Dann werden zwei Sklaven mich Schnarchenden nach Hause tragen. Das schreibe ich Dir, denn Du sollst nicht weich werden. Leb wohl!

Sappho in Mytilene
an Alkaios in Pyrrha.
Glaubst Du, Du hättest mir etwas Neues gesagt? Ich habe doch Augen im Kopf! Schon früher, als ich noch ein Mädchen war, hast Du den Blick immer senken müssen. Es hat mich in meiner Brust gefreut, denn wir auf Lesbos kennen nicht so viele Fesseln der Gefühle wie Athen. So heißt es jedenfalls.
Ich muß Dich daran erinnern, daß ich das dreißigste Jahr längst überschritten habe. Aus meinem Schoß ist ein Kind gekommen, das selbst bald wieder von Hera gesegnet sein wird. Ich war nie schön und bin nicht von dem

hohen Wuchs, der Dir gebührt. Mein Haar ist kein goldener Kranz, sondern dunkel wie das Meer in der Dämmerung.

Kennst Du die Verse von Alkman aus Sardes und Mimnermos, die klagen, daß Aphrodite ihnen das Begehren genommen und Eros verboten habe, sie zu besuchen? Warum klagen sie? Früher hat das Begehren sie geplagt, jetzt nicht mehr. Nur die Erinnerung ist geblieben, und sie ist doch schön?

Sieh, Alkaios, auch ich werde nicht geplagt. Nicht, weil ich alt bin, denn das bin ich ja noch nicht. Nur, Eros besucht mich nicht mehr. Du wirst sagen, daß ich mich irre, denn Du kennst mich und weißt, daß ich immer Glut in meiner Brust trug. Nun gut, Alkaios, dann irre ich mich vielleicht für die Zukunft, aber nicht für heute und morgen.

Aphrodite ist mir die Göttin des Lebens und der Freude am Leben. Sie erweckt die Sehnsucht nach Schönheit, Heiterkeit, Fröhlichkeit, sie erweckt auch die Sehnsucht nach Liebe, nach Leben und Geliebtwerden, aber, Alkaios, das ist nicht die Sehnsucht nach der Umarmung. Die Umarmung ist das viel weniger edle. Was drängt denn zur Umarmung? Der Körper, nicht die Seele. Wenn nun der Körper des Alkman und des Mimnermos nicht mehr drängt, worüber beklagen sie sich? Lieben, mit der Seele umfassen können sie doch! Sie können doch immer noch den Arm um eine Frau legen und sie mit Liebe umfangen. Wenn sie sagen, sie vermissen etwas, so sind sie wie ein Mann, der sich beklagt, daß er keinen Durst spürt. Was vermißt er? Den Durst? Wie töricht, Alkaios.

Sieh, ich habe keinen Durst. Aber Liebe habe ich sehr viel.

Dies schreibe ich Dir, was ich noch niemand gesagt habe. Du meinst vielleicht, daß ich doch einmal das Durstgefühl spüren werde. Ich werde mich nicht wehren.

Ich grüße Dich. Bleibe edel und gut.

## *Kriemhildliebe*

Die rührende Vision von der träumenden Kriemhild, die ihren Lieblingsbruder noch einmal herzt und küßt, ist die letzte Erinnerung des Nibelungendichters an jene Kriemhild, die er vorfand, an die Kriemhild der archaischen Zeit.

Diese Kriemhild der Überlieferung hatte er im ganzen ersten Teil des Nibelungenliedes stehenlassen, nicht angerührt, nicht verändert, weil sie ihn noch nicht interessierte. Sie war mehr Objekt als Faktor. Hatte die Handlung sie nötig, wie etwa beim Streit der Königinnen, so war ihr die auslösende Rolle zugeteilt worden und nicht mehr. Die Gestalt genügte ihm im Augenblick noch so, wie er sie übernommen hatte: ein junges, behütetes Königsschwesterchen, ganz im germanischen Sippengehorsam erzogen, zart, süß, von sinnlichem Reiz, aber sich dessen kaum deutlicher bewußt als eines hübschen Schmuckstückes; von Unruhe nicht geplagt, von Problemen nicht behelligt, geduldig wartend, spät reif, dem Germanenmädchen noch ganz nahestehend, himmelweit entfernt von der Isolde, himmelweit vom Gretchen. Sie würde die eine unehrenhaft genannt haben und die andere jämmerlich.

Nach der Hochzeit erscheint sie selbständiger, was ganz natürlich ist, bekommt aber, sobald sie Ärger heraufbeschwört, von ihrem Gemahl schlicht und einfach wie zu Zeiten des Arminius den Podex voll. Immer noch wirkt sie recht unprofiliert und ohne Tiefe. Sie ist nicht etwa falsch gezeichnet. Sie ist durchaus so gemeint gewesen und befriedigte die Welt *vor* dem Nibelungendichter vollkommen. Sie genügte einstweilen auch ihm; er hat kaum einen nennenswerten Strich zu dieser Zeichnung hinzugetan.

Aber nach dem Tode Siegfrieds kommt der erste Fanfarenstoß, mit dem der Dichter seine neue Fackelträgerin ankündigt: Sie läßt ihren Sohn im Stich!

Eine Ungeheuerlichkeit für die germanische Kriemhild! Und dann folgt ein Schlag auf den anderen: Sie sagt sich von der Autorität ihres königlichen Bruders los, sie durchschneidet alle Familienbande, sie faßt den Entschluß, Hagen zu töten, und ist, als sie an den Tronjer

allein nicht herankommt, bereit, zugleich mit dem Mörder auch ihre Brüder zu vernichten.
Die neue Kriemhild ist da!
Jetzt erhebt sich die Frage: Worin steckt das Evidente? Er hat eine neue Gestalt geschaffen, jawohl: Aus der Kriemhild, die im Atlilied bis in den Tod zu ihren Brüdern steht und ihren Mann tötet, ist die Kriemhild geworden, die um ihres Mannes willen ihre Brüder tötet. Welches ist die Fackel, die die neue Kriemhild trägt? Warum merzte der Nibelungendichter das Alte, den Atlistoff, der dramatisch völlig äquivalent war, aus und schuf das Neue? Was ist es, was er hier stürzen will, und was soll dagegen neu aufstrahlen? Was will er verkünden? Seine Zeitgenossen hätten die Antwort sofort gewußt, sie lautet: die neue seelische Ordnung, daß Gattenliebe über Sippenbindung geht! Diese Worte, die so einfach klingen, sind eine Marseillaise!
Selten ist die Absicht des Nibelungendichters so deutlich wie an dieser Stelle, und alle Germanisten sind sich einig: Er tilgte die alte Kriemhild – so schön die Gestalt auch gewesen war –, da sie eine Ethik verherrlichte, die man nicht mehr verstand und nicht mehr liebte, und schuf die andere Kriemhild, die das neue Ge-

setz, unter dem die Deutschen antraten, mit den Farben der Morgenröte in den Himmel schrieb: Das Primat des Gefühls über die Bindungen des Blutes, den Vorrang der individuellen Liebe vor allen Instinkten!

In viel revolutionärerem Maße, als wir es nachfühlen können, ist damals ein Grundpfeiler unserer seelischen Ordnung ausgetauscht worden. Wer die europäischen Völker kennt, weiß, daß heute noch unverändert diese Kluft zwischen ihnen hindurchgeht. In einem italienischen Personalausweis trägt die verheiratete Frau nicht den Familiennamen des Ehemanns, sondern den des Vaters. In der Sippe haften auch wirklich ihre seelischen Bindungen, und dort liegen ihre entscheidenden seelischen Erlebnisse.

Wir aber –

ach, wir haben, als die Deutschen »die Deutschen« wurden, einen Traum geboren, der uns Vater, Mutter und Bruder ersetzt, der eine ungeheure Kraft unserer Seele geworden ist: den deutschen Begriff der »großen Liebe«. Das ist kein Komparativ oder Superlativ, wie eine italienische Frau glauben würde, das ist nicht die heftige Liebe, nicht die romantische, nicht die wilde, nicht die zarte und nicht die sinnliche,

es ist eine Liebe außerhalb der Kategorien. Die »große Liebe« ist das unentrinnbare Schicksal, noch in einem zweiten Ich zu leben und in ihm tödlich verwundbar zu sein. Wie schön, wie anbetungswürdig, wie irrsinnig, wie deutsch!
So ist die Kriemhild des Nibelungendichters für uns zur Stella nova der Nemesis-Liebe, zur Stella nova ersten Grades geworden. (Es gibt zwei alte Handschriften, die statt »Nibelunge nôt« sogar den Titel »Kriemhilt« tragen.) Mochte sie Recht oder Unrecht tun, alles wurzelte in der »tödlichen« Liebe zu Siegfried, alles ist kontrapunktiert von der Erinnerung an ihn; alles Spätere, der Haß, die Rache gründet in dem Einssein mit Siegfried. Der Nibelungendichter vergißt es nie, auch wenn die Figur ihm charakterlich längst entglitten ist. Die letzten Worte, die er ihr in den Mund legt, erinnern noch einmal ausdrücklich daran; sie sind von unvergleichlicher Schönheit, ein Hymnus auf den deutschen Traum von der großen Liebe: Kriemhild packt den Balmung, um dem gefesselten Hagen den Kopf abzuschlagen, stockt eine Sekunde beim Anblick des Schwertes und flüstert: »Das trug mein holder Liebster, als ich zuletzt ihn sah.«

Drei dunkle Schläge vom Turm,
Sankt Severin brüllt.
Mein Liebster ist tot.
Drei Schläge für das Ende
meiner Welt. Ist das alles?
Läutet, läutet,
läutet, bis meine Brust zerspringt!
Laßt die wilden Schläge
in den Himmel rasen
und die Wolken zerreißen;
die Sonne soll dröhnen,
die Sterne sollen taumeln,
läutet, läutet, bis Gott stöhnt!

Verklungen? So schnell verklungen?
Nur ich höre die furchtbaren Schläge
und höre sie ewig
und werde sie ewig hören.
Mein Liebster ist tot.

## *Frowen dienest*

Die Minne des Ritters Ulrich von Lichtenstein

Vater Lichtenstein gibt seinen Sohn im Alter von zwölf Jahren als Edelknaben an den Hof einer Dame, die er nach fünf Jahren verlassen muß, um zum Hofe Herzog Leopolds von Österreich überzuwechseln.

Dort bekommt er den letzten Schliff und wird 1223 zum Ritter geschlagen. In dem beruhigenden Bewußtsein von zehntausend väterlichen Hektar Landes und dreihundert Kühen als heimatlichem Hintergrund beschließt Sohn Ulrich, sein Leben jener Dame, bei der er auf Edelknabe gelernt hat, in »hoher Minne« zu weihen. Die Dame ist natürlich verheiratet und kann sich auch sonst kaum über einen Mangel an Minnedienstlern beklagen. Sie alle aber werden von unserem Ulrich glatt überspielt. Zunächst sendet er der »Herrin« mittels einer Verwandten ein langes Billett in Gedichtform. Die hohe Dame erinnert sich schließlich, weniger an seinen Namen als an seine damals schon unappetitliche, kamelartige Unterlippe.

Sie läßt ihm sagen, dieses Werkzeug »lade nicht zum Küssen ein«.
Darauf läßt sich Ulrich bei einem Heilkundigen in Graz operieren. Wie er jetzt aussah, wissen wir nicht. Es war die erste kosmetische Operation in Deutschland, und erste Versuche fallen nie sehr gut aus.
Auch seiner Minneherrin scheint er nicht gefallen zu haben. Er trifft sie endlich auf einer Party, aber sie behandelt ihn spöttisch. Er schickt ihr ein stöhnendes Liebesgedicht und – tatsächlich – erhält Antwort. Aber er kann ja nicht lesen und schleppt infolgedessen den Brief zehn Tage mit sich herum, bis er jemand findet, der ihm vorliest, daß die Dame ihn als Minneritter anzunehmen bereit sei, wenn er ihr durch Taten seine Liebe beweisen könne. O Wonne!
Sofort zieht er auf Turniere los. In Friesach versticht er hundert Lanzen, in Triest (beachten Sie bitte die Entfernungen!) kommt er auch an die hundert heran, jedoch rennt ihm ein Gegner die Lanze durch eine Hand, und ein Finger wird steif. Er wallfahrtet nach Rom. Es nützt in keiner Weise etwas, das Glied bleibt steif.
Zurückgekehrt läßt ihm die Herrin sagen, es sei wohl alles Lüge. Darauf wird der Mann zum van Gogh. Er haut sich den Finger ab und

schickt ihn eingeschrieben durch einen Knappen der kalten Geliebten, die die Gabe in den Müllschlucker wirft und die völlig vernünftige Ansicht äußert, »er könne seine fünf gesunden Sinne nicht mehr haben«.

Verzweifelt sinnt Ulrich nach einer neuen überzeugenden Idee, die ihm auch sogleich kommt: Er beschließt, als »Frau Venus« von Turnier zu Turnier zu ziehen. Er sendet (Vater bezahlt's) überall Boten voraus, die den geheimnisvollen Unbekannten als Frau Venus ankündigen und jedermann zum Turnierkampf herausfordern sollen. Jedem Sieger verspricht »Frau Venus« ein gülden Ringelein, jeder Besiegte habe sich in alle vier Himmelsrichtungen zur Ehre von Ulrichs »Herrin« zu verneigen.

Wir kennen eine Miniatur, die ihn als »Frau Venus« zeigt: Sein Roß ist reich geschmückt, er selbst trägt Schild, Schwert, das große Kettenhemd und den Visierhelm; auf dem Helm thront, einen guten halben Meter hoch, eine Venuspuppe. In den Kampf aber zieht er anders. Er beschreibt es selbst: Er trägt über dem Kettenpanzer ein feines Damenhemd, dazu einen wehenden weißen Mantel, eine perlenverzierte Perücke mit zwei Zöpfen, ein Häubchen und einen Schleier.

So zieht Ulrich neunundzwanzig Tage lang herum, von Treviso und Venedig bis Böhmen. Danach beschließt er, sich ein wenig auszuruhen, und zwar zu Hause bei seiner Frau.
Wie!? höre ich Sie ausrufen, er hat eine Frau?!
Ja, warum denn nicht? Wir kennen sie sogar, sie hieß Berta von Weitzenstein und war rührend vernünftig. Sie scheint *keine* Minnewerber um sich geduldet zu haben. Sie hatte übrigens Kinder. Doch dies nur nebenbei – die Ereignisse jagen sich.
Seine »Herrin« reagiert überraschend: Sie beschimpft ihn, die Frauenkleider gewählt zu haben, um sich ungeniert unter die Weiber mischen zu können.
Ulrich ist außer sich. Er bekommt einen Blutsturz. Er sendet der hehren Frau einen neuen langen Brief. Darauf erhält er die sensationelle Antwort, es sei so weit. Nur eine Probe soll er noch bestehen. Er möge sich unter die aussätzigen Bettler mischen, die jeden Sonntag von ihr ein Almosen empfangen, und sich zu einem der ihren demütigen.
Er tut es. Er färbt sich das Haar grau, kleidet sich in Lumpen, hängt sich ein Blechgeschirr um und kaut drei Tage lang Reizwurzeln, bis sein Gesicht bleich und geschwollen ist. So

zieht er mit den anderen zur Burg. Er empfängt einen unergründlichen Blick und einen Schlag Erbsensuppe.

Dann aber ist es soweit. Eine Dienerin bringt ihm Nachricht. Einen Tag noch muß er bei strömendem Regen in einer Kornpuppe verbringen, dann, bei Nacht und Nebel, wird ein Seil aus zusammengeknüpften Leintüchern vom Söller herabgelassen. Ulrich wirft die Bettlertracht ab bis auf die Dessous, packt das Seil und wird von kräftigen Mägden hochgehievt. Höher, immer höher. Jetzt ragt sein Kopf über den Sims. Er sieht, umgeben von den Mägden, die Herrin auf dem Bettrand sitzen. Sie ist in ein feines Leinenhemd gekleidet; ein hermelingefüttertes Mäntelchen liegt über ihren Schultern. Das Bett ist mit grünem Samt gepolstert, das weiße »Decklachen« ist schon zurückgeschlagen.

Ulrich erwartet ein neues Hauruck, aber statt dessen erhebt sich die schöne Frau und kommt zum Fenster. Er stammelt sie an, daß er keinen Wunsch mehr im Leben haben werde, wenn er ihr hier »beiliegen« dürfe. »Ich weiß nicht«, antwortet die Herrin, »es wird meinem Mann nicht ganz recht sein.«

»Hol ihn der Teufel«, murmelt Ulrich und will das Seil mit ihrem Hals vertauschen. Aber in

dieser Sekunde des Griffwechsels ruft die edle Frau: »Abwärts!«, die Mägde lassen los, und Ulrich von Lichtenstein saust in die Tiefe.
Ein Wunder läßt ihn am Leben, auf daß er noch weitere Minnetaten vollbringe. Madame aber ist für ihn gestorben. Ein Augenzeuge findet ihn drei Jahre später in Wien, wo er bereits wieder »mit schönen Frauen kurzweilte«.

Es regnet, und ich schaue aus dem Fenster
auf die Straße.
Der Regen wogt wie Schilf, die Menschen
springen wie die Frösche.
Ach,
ich warte auf das eine Fröschchen, dass es
in mein Haus springt.

*Die Versuchung des heiligen Antonius*

Öl auf Malkarton, 60 × 50 cm
Bez. u. r.: »Fernau«, 1979

## *Aufklärung im Alkoven*

»Sagt mir«, fragte unsere Ur-Ur-Ur-Ur-Großmutter mit runden Augen unseren Ur-Ur-Ur-Ur-Großvater vor dem Schlafengehen, »sagt mir bitte, was nun eigentlich geschehen ist? Die ganze Stadt flüstert von dem Templerprozeß, die Männer stecken die Köpfe zusammen, und die Marktweiber rufen den Buben zu: ›Lauft weg, die Templer kommen!‹, und alle spitzen das Maul. Sagt mir, was ist eigentlich geschehen?«

Ja – was war geschehen? Einer der drei großen Ritterorden, die man während der Kreuzzüge als christliche Schutz- und Trutz-Elite im Heiligen Land gegründet hatte, der Tempelherren-Orden mit seinen zwanzigtausend Angehörigen in Deutschland, Frankreich, Italien, Britannien und Spanien, stand in Paris vor Gericht. Bei einer Reise von Zypern, dem Sitz des Hochkapitels, nach Frankreich waren der greise Hochmeister mit seiner Begleitung und zugleich Tausende von Tempelherren verhaftet

worden, Männer vornehmster Namen, Jünglinge aus dem Hochadel, alte Haudegen, denen der Dank des Abendlandes gegolten, die man für unantastbar gehalten hatte.
König Philipp-le-bel und Papst Clemens V. klagten die Tempelherren des Abfalls vom christlichen Glauben und der widernatürlichen Unzucht an. Sie klagten sie an, jeden Novizen gezwungen zu haben, Christus am Kreuz zu verleugnen, einem Standbild der Vernunft zu huldigen und sich durch Küsse auf die Scham und den Mund des Meisters zur Männerliebe zu bekennen.
Von dem ersten Punkt der Anklage ist in den Köpfen der Menschen gar nichts haften geblieben. Ritter, die sich für den christlichen Glauben von Sarazenen und Türken totschlagen lassen, sind keine Ketzer.
Völlig verblüfft aber stand man vor dem zweiten Punkt der Anklage. Da war also das Phänomen wieder, das tausend Jahre lang nicht in Erscheinung getreten war! Päderastie. Knabenliebe. Unsere Ur-Ur-Ur-Ur-Großmutter hielt bei diesem Wort mitten im Ausziehen des feinen Hemdes inne, die Hände noch hochgestreckt und aus ihrem leinenen Zelt erschrocken auf unseren Ur-Ur-Ur-Ur-Großvater

blickend, der gerade aus dem Badebottich stieg und sich die Rosenblätter, mit denen das Wasser bestreut war, von den Beinen strich.

»Ich bitte Euch«, stammelte unsere Ur-Ur-Ur-Ur-Großmutter, »was soll ich davon halten?!«

Unser Ur-Ur-Ur-Ur-Großvater, Stadtschultheiß mit zwei Semestern Jura und Naturwissenschaften bei Albertus Magnus, schien die ganze Sache, die seine liebste Husvrowe Utelein so sehr erregte, nicht sonderlich tragisch zu nehmen.

»Ich weiß nicht«, antwortete er, indem er schnell in die Sammetpantoffeln schlüpfte und zum Wandschränkchen ging, um sich noch eine Gesichtspackung aus Bohnenbrei und Eselsmilch zu machen, denn er hatte sich heute auf der Nase einen kleinen Sonnenbrand geholt. »Ich fürchte«, fuhr er ironisch fort, »Ihr seid selbst schuld daran!«

»Ich?« rief unsere Ur-Ur-Ur-Ur-Großmutter empört, riß sich das Hemd über den Kopf, sprang die drei Stufen zum Bett, über dem sich ein geschnitzter Himmel wölbte, hinauf, hieb noch einmal kräftig auf das »Ohrkissen« und kroch dann unter das »Decklachen«.

»Ich?« wiederholte sie und fiel in das intime Du. »Du mußt dich nicht immer über mich lustig machen, Ruodlieb, ich bin doch so erschrocken über das alles. Sage mir doch, stimmt es wohl, was man den Herren Tempelrittern vorwirft?«

»Wahrscheinlich.«

»O Gott! Und warum, meint ihr, tun die Templer so etwas?«

»Ich sagte doch schon: Ihr seid vielleicht selbst schuld. Ich meine: ihr Frauen. Vielleicht ist es die Antwort der rauhen Kreuzritter auf den Minnekult unserer Eltern und Großeltern? Es ist ja nicht erst von gestern. Vielleicht waren sie, wenn sie damals für kurze Zeit von den Kreuzzügen und Fehden heimkehrten, als Tölpel verlacht, konnten nicht Schritt halten und nicht mitmachen mit Eurem Gezimpel und Gehabe und Getändel. Wer soeben von den Sarazenen kommt, vom Kopfabsäbeln, vom Hungern und vom Verdursten in steinigen Wüsteneien, der, liebe Vrowe, ist nicht erbaut, zu Hause die weibischen Liebeleien unserer Herren Väter und die weibliche, verspielte und zugleich schwer zu beherrschende Courtoisie der Troubadoure vorzufinden. Und wenn man dann Schwierigkeiten hat, dann, Liebschatz, sucht man Schönheit und edlen Sinn woanders.«

Unsere Ur-Ur-Ur-Ur-Großmutter lugte mit einem Auge hinter dem Pflumit hervor: »Schönheit und edlen Sinn ja. Aber was sie sonst noch suchen, finden sie doch bei den Buben nicht. Oder?«

Unser Ur-Ur-Ur-Ur-Großvater lachte. »Sie finden mehr.«

»Pfui, pfui, pfui«, schrie es vom Bett her, und das Pflumit kam geflogen, »es ist gotteslästerlich und gar nicht schön und von alters her eine Sünde!«

»Nein, das ist es nicht von alters her, Liebschatz. Es hat Zeiten, und zwar ehrbare Zeiten, gegeben, da war es allgemein und keine Sünde. Als ich in Köln bei dem ehrwürdigen Albertus studierte und auf dem Steinboden saß, wo schon Thomas von Aquino vor seinem Angesicht gesessen hatte, da lasen wir die alten Griechen Aristoteles und Platon. Und von ihnen weiß ich, was ich jetzt erzähle; und du solltest nicht so lugen und schon gar nicht kichern oder geilen, denn dies ist ein ernstes Ding. Ich spreche da nicht von Männern, die der Frauen überdrüssig sind und übersättigt aller Reize zu ihresgleichen gehen. Die meint Plato, den ich studiert habe vor allem wegen dieser menschlichen Seite, *nicht*. Das sind die falschen. Und

das sind auch gewiß die Templer nicht, schon wegen ihres Zölibat-Gelübdes …«
»Ach, papperlapapp!«
»Nun gut, papperlapapp. Aber dann, woher sollten sie in ihrem Orden und inmitten des feindlichen Sarazenenvolkes übersättigt worden sein?? Nein, stell dir das anders vor. In Griechenland, vor allem in Sparta und Kreta, war die Jünglingsliebe eine vom Staat anerkannte und geförderte Sitte. Diese Bindung zwischen Männern und Knaben spielte eine wichtige Rolle in der Erziehung zur ritterlichen Tugend. Sie war geradezu die Grundlage des kriegerischen Erziehungssystems. Ein Ritter – ich sage immer ›Ritter‹, natürlich hießen sie damals nicht so –, ein Ritter war in jeder Beziehung für die Erziehung und Bewährung des Knaben verantwortlich, widmete sich ihm dauernd, was sonst eben jedem von beiden auf die Nerven gefallen wäre, wenn sie nicht wie Mann und Frau gelebt hätten. Ein Ritter, der keinen Geliebten gehabt hätte, wäre gering geachtet worden. Ebenso ein Jüngling, der für niemand Reiz gehabt hätte.«
»Ach«, sagte unsere Ur-Ur-Ur-Ur-Großmutter und gähnte, wobei sie sich bereits die Hand vor den Mund hielt und danach an einem Tüchlein

abwischte, »ach, das ist aber sehr uninteressant. Es ist also weiter nichts wie bei Schülern und Magistern. Und ich dachte, sie hätten miteinander so etwas Ähnliches getan wie gebicket.«
Unser Ur-Ur-Ur-Ur-Großvater warf unter seiner Bohnenbrei-Maske einen belustigten Blick auf seine Ute und rief: »Aber ja! Haben sie ja!«
»Was du nicht sagst!« Das Utelein setzte sich mit einem Ruck auf. »Aber was hat das mit deiner langatmigen griechischen Erklärung zu tun, was hat diese Dreiteufelsbuhlerei mit Erziehung zu tun?«
»Die körperliche Liebe ist die engste aller Bindungen. Liebende wollen zueinander aufsehen. Das stachelt zu Leistungen und Vorbildlichkeit an. Es ist genauso wie mit der Hohen Minne, weißt du? Und die Scham, vor dem Geliebten zu versagen, ist viel stärker als alle Befehle der Welt. Die Kriegstüchtigkeit der spartanischen Heere war deshalb so groß. Mein verehrungswürdiger Lehrer, der alles wissende Albertus Magnus, hat uns eine Rede des griechischen Feldherrn Pausanias übersetzt, in der er sagt, das stärkste Heer werde das sein, das nur aus Liebespaaren bestehe, denn zwischen einem Liebespaar sei noch niemals ein Feind

durchgebrochen. In Kreta war das Wort für ›Geliebter‹ sogar direkt ›Nebenmann‹. In der Schlacht nämlich. Dies, so fügte mein kluger Lehrer hinzu, dies habe bei unseren Vorfahren, den Germanen, noch die Frau besorgt, indem sie im schwankenden Kampfgetümmel nach vorn lief und dem Manne die nackten Brüste zeigte.«

»Mein Gott«, staunte unsere Ur-Ur-Ur-Ur-Großmutter, »was du nicht alles weißt! Das ist wunderbar interessant und eigentlich gar nicht so schrecklich verächtlich, wenn es sich so verhält. Bei den Templern, meine ich.«

»Sicher verhält es sich bei den Tempelherren so, wie es sich damals in Sparta verhalten hat. Haben wir nicht immer gehört, wie wunderbar die Tapferkeit der Templer im Heiligen Land war?«

»Aber nun«, zwitscherte Ute, ganz wach, »nun muß ich dich etwas fragen, aber ich bin sehr aufgeregt und muß erst ein bißchen Mandelkonfetti haben! (Sie meinte Konfekt, das es damals schon gab.) Reich es mir doch herüber, es liegt in dem Silberkästchen auf dem Fenstertisch. Dort, neben der Dose mit der ›gevelschet Frouwenvarwe‹ (sie meinte Schminke).«

Sie steckte sich gleich zwei Stückchen, um sich Mut zu machen, in den Mund, obwohl sie schon den allabendlichen Apfel und das Schlückchen Wein zu sich genommen und damit eigentlich alles Essen und Trinken abgeschlossen hatte.

»Sag mir«, fing sie dann an, »eines, was mich ängstigt: Warum ist es, wo wir jetzt das Beispiel mit den vieltausend Rittern des Tempelordens erleben, nicht vielleicht möglich, daß in unserem Reich eine solche Zeit wie in Griechenland wiederkommt?«

Unser Ur-Ur-Ur-Ur-Großvater hielt mit dem Säubern des Gesichts inne und sah seine Frau perplex an.

»Nun ja«, fuhr sie fort, »ist das nicht ein ganz kluger Gedanke? Woher wißt Ihr, daß dies mit den Templern nicht der Anfang – ah! –«, schrie sie auf, »da fällt mir ein: Vielleicht, Liebster, ist es nicht nur bei den Templern so! Und nicht nur bei den anderen Orden! Denke dir: Vielleicht ist es insgeheim schon bei vielen Rittern hier im Lande mit ihren Knappen und Pagen so! Und wir Frauen ahnen es bloß nicht! Vielleicht wüßten manche Knappen zu sagen, warum sich ihr Herr für sie totschlagen läßt, und umgekehrt mancher Ritter! Oh, was habe ich da möglicherweise entdeckt! O weh!«

Unser Ur-Ur-Ur-Ur-Großvater klackste nachdenklich den Brei vom Finger in den Bottich und schwieg. Er schwieg unwillkürlich, denn ihm fiel jetzt ein, wie seltsam ihm schon immer der Herr von Alfeldingen und sein Knappe und der Hohenzeyner mit seinem Pagen erschienen war. Beides waren keine Templer; dennoch. Ihm fiel der Markgraf ein, der sich einen Knappen, einen herrlichen Knaben, aus dem Kuhstall eines Häuslers geholt, ihn erzogen und jetzt zur Jurisprudenz nach Bologna geschickt hatte.

»Blödsinn!« murmelte er und schickte sich an, das Licht auszupusten. Er mußte mehrmals pusten, ehe er das in Wachs gezogene Werg ausgelöscht hatte.

»Ihr sagt ›Blödsinn‹ und pustet das Licht aus! Dadurch wird es nirgends heller, auch in meinem Kopf nicht! Also, wie nun? Wenn dies große Exempel, das die Templer liefern, ein allgemeiner Anfang wäre und wir wieder Zeiten bekämen wie die Griechen? Ihr habt selbst gesagt, recht geschähe uns nach unseren Minnetändeleien und Grasaffigkeiten und weißnicht-was! Himmel! Das wäre schrecklich!«

»Ja, es wäre eine Sünde, denn …«
»Ach, Sünde!« unterbrach ihn Utelein empört. »Ich dachte an uns! Wie sehr wir Frauen zu kurz kämen! Auf welche Ration Ihr uns setzen würdet! Das werden wir nie dulden! Diese Buben! Bestraft sie nur recht hart, die Tempelherren! Wie könnt Ihr mich nun beruhigen, daß das in Deutschland niemals kommen wird?«
»Ich kann Euch überhaupt nicht beruhigen. Die Logica sagt mir, daß nichts ausgeschlossen ist. Aber die Kirche wird es verhindern, denn im dritten Buch Moses steht: Wenn jemand beim Knaben schläft wie beim Weibe, die haben ein Greuel getan und sollen beide des Todes sterben.«
»O Gott«, seufzte unsere Ur-Ur-Ur-Ur-Großmutter, »ich fürchte mich, kommt nah an mich heran, Herr. Der Tod ist dafür eine gar schwere Strafe. Steht bei Moses auch warum?«
»Nein.«
»Das ist jammerschade. Ich hätte es gern gehört. Ich weiß nicht, manchmal habe ich das Gefühl, wir gingen viel Drangsal entgegen. Wenn ich mich an die Erzählungen von meiner Mutter und meiner Großmutter erinnere, so hat sich doch heute schon vieles geändert. Der Pater Honorius sagte mir gestern bei der Oh-

renbeichte, die Kirche würde jetzt endlich wieder scharf zupacken. Ich glaube, die Zeiten von Mutter und Großmutter sind vorbei. Ich fürchte mich manchmal.«

»Wieso? Wenn dich die Sache mit den Templern erschreckt hat, dann ...«

»Ach, das ist es nicht! Pater Honorius sagte, die Liebe sei überhaupt Sünde. Und dann fragte er mich, wie es bei uns geschehe, auf welche Weise, meinte er ...«

»Was?! Das fragte er dich?«

»Ach ja. Da ist doch nicht viel dabei, meine ich. Er aber war dauernd böse. Alles, so sagte er, was nicht geschehe, wie es das Wort Beiliegen meine, sei eine Sünde und vom Teufel. Und wenn es anders geschehe, so bleibe es zur Strafe unfruchtbar, sagte er, dies sei medizinisch bewiesen und theologisch begründet. Er fragte mich dann, was ich zu tun gedächte, um unsere immerwährenden Sünden zu büßen –«

»Es sind keine Sünden. Albern.«

»– und ich kaufte ihm eine Reliquie ab, einen Splitter vom Fußboden des heiligen Hieronymus. Du liegst drauf, Liebster.«

Unser Ur-Ur-Ur-Ur-Großvater fuhr hoch: »Ach – deshalb bohrt sich mir dauernd etwas in den Rücken.«

Er zog es heraus und legte es oben auf den Betthimmel: »Das ist alles Teufelszeug und Aberglaube. Fangen sie schon wieder damit an? In St. Denis bewahren sie den ganzen heiligen Dionysius auf und in St. Emmeran in Regensburg ebenfalls, und in Prag und Bamberg zeigt man seine Köpfe. Vom heiligen Lukas gibt es acht Körper und neun Köpfe, und St. Georg ist dreißigmal vorhanden. Alle Splitter vom Kreuz Christi ergeben zusammen ein Kreuz, das höher ist als der Dom von Speyer. Ich frage dich, ob wir das glauben sollen!«
Unsere Ur-Ur-Ur-Ur-Großmutter legte ihren Mund an das Ohr des Gemahls und flüsterte: »Und das andere, von dem er sagt, es sei medizinisch bewiesen, müssen wir das glauben? Du schüttelst den Kopf? Wie froh bin ich!«
Und ein Viertelstündchen später sagte sie: »Und nun wollen wir noch für die armen Templer beten.«

❦

Ich wüßte keine gröbere Verletzung der Liebe,
als ihr Lächeln nicht zu erwidern,
wenn sie einem begegnet, oder sie, wenn sie
auch nur »vorübergeht«, wenigstens durch
Ziehen des Hutes zu grüßen.

❦

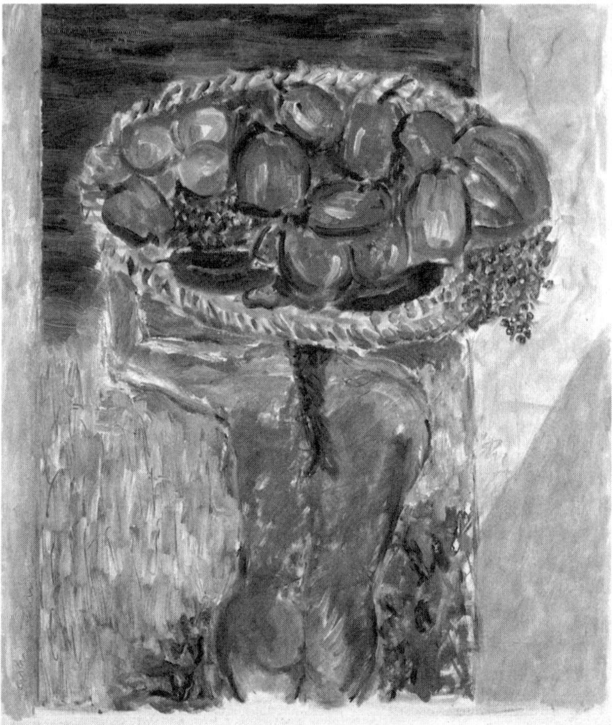

*N'tschotschi mit dem Gesundheitshut*

Öl auf Leinwand, 80 × 70 cm, 1988

## *Metsis Hochzeit*

Die liebe Metsi! Mit ihren ledernen Fußsohlen und den Flöhen! Es gibt aus jener Zeit um 1400 natürlich kein Bild von ihr. Was war schon an einem Menschen solchen Standes dran! Metsis Mutter war noch Leibeigene gewesen und von ihrem Besitzer an den Abt von Lorch verkauft worden.

»Ich, Konrad der Truchseß von Urach, Ritter, thue kundt all denen, die diesen Brief lesen, sehen oder hören lesen, daß ich den Ersamen geistlichen Herren, dem Abt und dem Konvent des Klosters zu Lorch hab geben die zwey Frawen Agnes und ihr Schwester Mahilt, Reinbolts seligen Töchter und ihre kindt, die davon kommen mögen, um drei Pfund Heller; das geb ich in diesem Brief, besiegelt mit myn Umsiegel, der daran hanget.«

Metsis Mutter kostete also eineinhalb Pfund Heller. Ein Pfund Rindfleisch kostete 3 Pfennige, ein Pfund Schmalz 6, ein Laib Brot 3 Pfennig. Und Mahilt, des Reinbolts Tochter, also 180.

Mahilt hatte Hände wie Füße und Füße wie Hufe, aber sie war sehr lustig, sang bei der Arbeit, war gar manchem Herrn zu Diensten, was der Konvent sehr begrüßte, denn alle Kinder, die Mahilt leicht und vergnügt gebar, gehörten wieder dem Konvent und versprachen nach der Erfahrung der arithmetischen Reihe eine Schar von Arbeitskräften.

Aber es kam, seit dem Verfall der Ritterschaft, auch eine Schicht von freien Bauern hoch, die feiertags gelegentlich schon eine Mütze im Genick trugen und mehrere Batzen Geld in der Truhe hatten. Die jeden Sonntag zur Fiedel und zum Dudelsack das Tanzbein schwangen und ein vom Trödler aus zweiter Hand erstandenes Schwert in der Garderobe abgegeben hatten. Ein richtiges, nur ganz leicht verrostetes Schwert! Hundert Jahre früher hätte ihnen dafür der Schultheiß noch laut Gesetz die Hand abhacken lassen müssen.

Nein, nein, so war das nun nicht mehr! Man wurde zwar verbrannt, aber man trug eine Feder an der Mütze, die bei jedem Schritt wippte, und an den Sonntagsschuhen vielleicht sogar Sporen. Man mußte ja nicht reiten. Und die dörflichen »Halbstarken« schliefen von

Samstag auf Sonntag mit Lockenwicklern im Bett. (Das ist kein Scherz.)
Ein solch hochmoderner Bauersmann war beispielsweise der junge Bärschi (Bartholomäus). Er sah Mahilts Töchterchen Metsi, kaufte sie kurzerhand frei und verlobte sich mit ihr. Metsi war damals 15 Jahre alt.
Die Verlobung dauerte zehn Stunden, denn am gleichen Abend noch fand die Hochzeit statt. »Ohne schuoler und Pfaffen«, also echt ritterlich, wie es in dem genauen Bericht, den wir von »Metsen Hochzit« besitzen, heißt.
Unterwegs hatte Bärschi schon dauernd versucht, Metsi hinzulegen, aber sie wehrte sich seltsamerweise, eine Tatsache, die so phänomenal war, daß sie noch lange den Gesprächsstoff des Dorfes bildete. Jedoch »die Tafeln auftun«, das tat sie. Sie knöpfte ihr Mieder auf und schlug es zurück wie der Pfarrer bei Kirchenfesten das Flügelbild – (daher kommt der Ausdruck!) –, damit Bärschi sich umtun konnte mit dem, was sie hatte. Sie war ein modernes Mädchen, und als es Bärschi Vergnügen machte, an einem Baum seine kleine Notdurft zu verrichten, und er sie fragte, warum sie ihm nicht dazu dienstreich ihre Hand leihe und ob sie das denn nicht kenne, da lachte sie und ant-

wortete, freilich verstünde sie das. Sie bewies es ihm. »Ai! Du kutzelst mich!« rief er, und es begann ein Gebalge hin und her, wobei ihre Röcke so hoch flogen, daß er ihr »hinden und vorne hinauf siehet biss in die nackten weich«. Sie war stark und hatte Bärenkräfte, riß sich los und rannte ihm voraus in das Dorf.

Alle Bekannten und Nachbarn wurden nun zusammengetrommelt und eingeladen. Die Bauern, manche frei, manche leibeigen, kamen mit Frauen, Söhnen und Töchtern in Bärschis Haus so gegen sechs Uhr, wie etwa heute zur Cocktailparty. Bärschi ließ zuerst, wie es sich damals gehörte, Weißbrot reichen. Dann kam für je vier Gäste ein Kübel voll Hirsebrei, und nachdem auf diese Weise eine solide Grundlage geschaffen war, trug man die ersten Humpen Bier auf. Ein Spielmann piepste mit einer Flöte dazu.

Jetzt folgten die zwei Hauptgänge: Rüben mit Speck, von allen mit den Fingern gepackt, daß das Fett die nackten Arme hinunterlief, und dann Bratwürste mit dem »Brautmus«. Dazu ließ Bärschi das Feinste, was er besaß, aus der Truhe holen: Löffel.

Unter ungeheurem Geklapper, Gerülpse, Geschnaufe, Gelache ging das Mahl zu Ende, und der Wein kam. Längst waren die Öllichter angezündet, und längst hatte der Spielmann aufgehört zu musizieren, erstens, weil es sowieso niemand mehr hörte, und zweitens, weil er bereits zu betrunken war. Bärschi fand, es sei Zeit zur Hochzeit und bat jetzt die Verwandten, ihm Metsi »zuzuführen«. Metsi hatte dabei, der Sitte gemäß, zu zetern und zu jammern. Das tat sie. Sie quietschte, rief: »Nein, nein!« und: »O weh, o weh! Was wird mit mir!«

Das sollte sie sogleich erleben. Man führte das Paar in die Schlafkammer, postierte sich an die Tür, um zuzuhören, oder kehrte zum Wein zurück. Drinnen stellte Metsi mit teuflischem Behagen ihren Mann vor eine harte Probe, wie weiland Brunhild ihren König Gunther. Der erste Versuch Bärschis mißlang. »Die bein sen huob (hielt sie) zesammen sehr«, ganz ohne Genieren wird es uns genau berichtet. Worauf Bärschi es jetzt im Guten versuchte. Metsi schüttelte aber beharrlich den Kopf. Überreden! Pah! Wie ein Pfaff!, so reizte sie ihn auf.

Nach dieser Schmach beschloß Bärschi, kurzen Prozeß zu machen. Aber sehr kurz scheint der Prozeß nicht gelungen zu sein. Der Bericht spricht von einigen Stunden. Es wurde gestöhnt, geächzt, gelacht und geschrien, daß

man es auf der Straße hörte, bis es endlich still in der Kammer wurde und »die Bettstatt das schönste Lied sang, das man noch immer gesungen hat«.
Nach Verklingen der letzten kunstreichen Kadenz ging die Tür auf, und man brachte unter Gelächter und Genecke dem Paar eine kräftige, duftende Suppe. Als die lärmende Schar wieder gegangen war, schloß Metsi diesmal die Tür ab. Dann sprang sie wieder ins Bett. Bärschi, wie der Bericht nun weiter erzählt, machte seinen Sieg vollkommen, indem er die alte strategische Regel befolgte, die da heißt, dem weichenden Feind nachzustoßen.
Als sie ein halbes Stündchen später Schulter an Schulter ruhig dalagen, weinte Metsi ein bißchen, und Bärschi erfuhr zu seinem Entzücken, daß sie noch unberührt gewesen war. Er versprach ihr zum Dank für die »bluome«, die sie ihm bewahrt, sie ewig lieb zu haben. So schliefen sie ein.
Metsi erwachte, als im Morgengrauen der Dorfwächter rief. Er sang laut:

»Die sternen sein verschwunden,
die sonne hat den morgenstreit
mit chreften überwunden!«

Sie blickte zu Bärschi hinüber. Er schlief fest. Sie dachte:

»Wie wär, wenn ich derwecket ihn,
so tät er mirs zur dritten stund,
eh man uns in dem bette fund?«

Sie ließ Bärschi aus dem Schlaf auffahren. Wie, hatte sie ihn so grob geweckt? Im Gegenteil. Als er schlaftrunken fragte, was los sei, flüsterte Metsi sehr hübsch und tausendmal einfallsreicher als die meisten feinen Damen heute:

»I hab ein fingerli verlorn.
Jetzt hab ich es gefunden!«

Am Morgen, nach dem Abwarten der erneuten akustischen Sequenzen des Fichtenholzes, brachte man dem Paar das Frühstück, Brot, Honig und Milch, an das Bett. Es stand noch. Wie schön. Man beglückwünschte Bärschi zur Hochzeit und zu so soliden Möbeln.
Bärschi verkündete den Staunenden, daß Metsi noch jungfräulich gewesen sei, und in seiner Freude schenkte er ihr sinnig das schönste Mutterschwein.

Während sie sich dann ankleideten, versammelten sich an der Haustür bereits Trommler und Pfeifer. Unter Begleitung des ganzen Dorfes zog nun das Ehepaar zur Kirche, um die Messe zu hören und sich vom Priester segnen zu lassen. Das dauerte, da die Kirche auch auf ihre Kosten kommen wollte, eine ganze Weile, so daß der Hunger an den Bauernmägen zerrte und dann alles im Eilschritt zurück ins Hochzeitshaus lief, wo die Prasserei und Sauferei zum zweiten Mal begann. Im Rausch wurde die Stimmung allmählich ausgelassen und wild, die Frauen reizten die Männer obszön auf, das Blut kam in Wallung und riß auch die jüngsten Mädchen fort, die noch an der Seite der Mutter am Tisch saßen.
Wenn die grobe Sinnlichkeit gestillt war, gab man sich nur noch dem Bier und Wein hin. Man torkelte und fiel durcheinander, beschimpfte sich und griff zum Stuhlbein. Eine Prügelei beendete das schön gelungene Fest. Metsi und Bärschi waren bereits auf ihrer Kammer und pflogen der rauhen bäuerlichen Minne. Von nun an ohne Geschrei.

*Auf Wiedersehen und schönen Dank*

Öl auf Leinwand, 80 × 60 cm
bez. u. l.: »Joachim Fernau 85«

Mond, du machst ein schief Gesicht,
du siehst sie,
und ich seh sie nicht.
Einst war ich glücklicher als du,
ich küßte sie
und du sahst zu.

## *Ist echte Liebe ein Mysterium?*

Ich erinnere mich nicht mehr, wie ich – es war später Abend – dazu kam, einen Bildband über Albrecht Altdorfer herauszuziehen, und schon gar nicht, warum ich an seinem Gemälde »Brückensturz des heiligen Florian« hängenblieb.

Ich betrachtete es lange.

Nein, keine nächtliche Grille; dazu neige ich nicht. Kennen Sie das Bild? Es ist schöne Malerei. Keine allzu schöne. Kein Hauptwerk. Ich mag es auch nicht sehr. In der Erinnerung hat es mich immer abgestoßen. Es ist grausig.

Florian, den die Kirche heiliggesprochen hat, ist auf dem Bild ein junges Kerlchen, das den Märtyrertod erwartet. Die mittelalterlichen Henkersknechte haben ihn auf eine Brücke geführt, ihm einen Mühlstein um den Hals gebunden und deuten auf das gurgelnde dunkle Wasser unter ihnen. Florian faltet die gefesselten Hände über der Brust und ist im Geiste weit weg. Bei seinem himmlischen Vater.

Florian soll um 300 nach Christus gelebt haben und Kanzlist des römischen Statthalters von Noricum, dem heutigen Oberösterreich, gewesen sein. Er wurde zum Tod durch Ertränken verurteilt, weil er gefangenen Christen zur Flucht verholfen hatte.
Ich muß Ihnen berichten, was ich nun tat. Es ist etwas umständlich, haben Sie Geduld.
Ich ging zum Bücherschrank und schlug in einer Enzyklopädie den Begriff Märtyrer nach: »Ein Christ, der ...«
Ein Christ? Nur ein Christ? Welcher Hochmut!
»... der bis in den Tod an seinem durch Verfolgung bedrohten Glauben festhält, sofern er für sein Bekenntnis den Tod erlitten hat. Das Martyrium gilt als in der Kraft des Heiligen Geistes vollendet; die Aussprüche der Märtyrer gelten daher als von Gott eingegeben; sie selbst sind aller früheren Sünden ledig. Für die Kanonisierung (Heiligsprechung) eines Märtyrers wird der Nachweis verlangt, daß er um des Glaubens willen von anderen getötet worden ist und den Tod als Glaubenszeugnis auf sich genommen hat.«
Ich hätte mir Gedanken machen müssen, ob Florian ein Märtyrer war. Er wurde nicht verurteilt, weil er Christ gewesen ist (das war er

offenbar ungefährdet inmitten und im Dienste der heidnischen Römer), sondern weil er Gefangene befreite. Eine überall strafbare Tat. Ich war mißmutig. Die ganze Geschichte hätte mir gleichgültig sein können, aber ich fühlte mich verletzt, denn das Wort Märtyrer hat für mich einen anderen Klang. Muß der Märtyrertod nicht der unbegreiflich erlittene Tod sein? Ich habe das Wort immer verklärter gesehen. Frei von Partei, frei von Glauben, frei von Bekenntnissen, frei vom Zufall, frei von jeder Logik. Ich habe im Märtyrertod immer die äußerste, schrecklichste Manifestation der Widersinnigkeit im menschlichen Leben gesehen. Für mich sind die Hunderttausende von Toten, die die Inquisition auf dem Gewissen hat und unfaßbar widersinnig sterben ließ, Märtyrer. Keiner von ihnen wurde heiliggesprochen. Auch das kleine »blind Mägdlein« nicht.

Wo hatte ich das geschrieben?

Ich erinnerte mich wieder und schlug es nach.

Als ich es gelesen hatte – es sind neun oder zehn Seiten – war mir so elend zumute, daß ich das Gesicht mit den Händen bedeckte; mich fröstelte. Die schrecklichen Bilder jagten sich in meinem Kopf.

Inzwischen war Mitternacht vorüber. Ich weiß, daß die Nacht solche Gedanken noch verstärkt, und versuchte, sie abzuschütteln. Jedoch, ich bin dem Leiden auf dieser Erde gegenüber krankhaft empfindlich, und es gelang mir lange nicht.

Sie werden mir bisher mit Ungeduld gefolgt sein. Aber es war notwendig, damit Sie das Folgende verstehen können. Ich nahm die Hände vom Gesicht und blickte auf:

An der Wand lehnte ein junges Mädchen, das ich nicht kannte. Es lächelte, und ich starrte geradezu gebannt hinüber. »War so jung und morgenschön«: Die Sehnsucht unserer bittersüßen Volkslieder schien Fleisch und Blut geworden zu sein. Noch nie in meinem langen Leben war ich einer Frau von solch rührender Schönheit begegnet. Ich hatte nicht einmal geahnt, daß es eine so zeitlose Vollkommenheit geben könnte.

Sie trug ein graues, eng anliegendes halblanges Kleid, das als einzige Zierde ein Faltenkränzchen um den Hals hatte. Ihre Gestalt war so makellos wie ihr Gesicht.

Sie lächelte, aber nicht mit geschlossenen Lippen, wie jeder Mensch lächelt, sondern, als wollte sie sprechen, mit halbgeöffnetem

Munde, so daß ich die obere Reihe der weißen Zähne sah.
Ich stand auf, nahm die Schöne bei der Hand und führte sie zum Sessel.
Als sie sich gesetzt hatte, legte sie die Hände in den Schoß, betrachtete mich und sagte: »Lieber Herr.«
Ich wartete; aber es kam nichts weiter.
»Wer bist du?«
»Die Agnes.«
Ich war sogleich wieder bei meinem vorigen Gedankenknäuel und fragte, allerdings sehr ungläubig: »Die heilige Agnes?«
Jetzt lachte sie hell auf. »Aber, lieber Herr! Wie lustig! Ich bin die Agnes Bernauer.«
Ihr Lachen war hinreißend schön. Ich wußte nicht, wie mir geschah. Wir sahen uns eine Weile stumm in die Augen, und ich glaube, sie lachte jetzt auch über mich. Nachdem ich diese dumme Frage gestellt hatte, tat ich das nächste Dumme. Ich ging zum Lexikon. In dieser Nacht hatte ich es anscheinend mit dem Nachschlagen.
Ich suchte eine ganze Weile. Viel war es nicht, was ich unter Agnes Bernauer fand. Nicht einmal ihr Geburtsjahr war genannt; nur der Todestag, 12. November 1435; auf Befehl Herzog

Ernsts von Bayern als Hexe in der Donau ertränkt.
Ich setzte mich wieder.
»Du warst eine Hexe, Agnes?« sagte ich, vorsichtshalber fast ernsthaft, weil sie vielleicht ja sagen würde.
»Das hat Ihnen der Aichstätter gesagt, nicht wahr?«
»Wer ist der Aichstätter?«
»Den kennen Sie doch: der Sekretär von Herzog Ernst. Er war es ja, der nach Straubing gekommen war. Als er mir die Anklage vorlas, hat er mich der Giftmischerei und Hexerei beschuldigt. So dumme Lügen! Er hätte doch bloß zu sagen brauchen: Agnes, um deiner Liebe willen und um Albrechts willen spring in die Donau. Ich wäre doch gesprungen!«
»Soll ich das glauben?« fragte ich betroffen.
»Ja, bitte.«
Ich wunderte mich immer mehr. Die Antwort war schon seltsam genug, ihr Gesichtsausdruck noch mehr. Er war wirklich bittend.
Sie schaute mich unverwandt an.
»Wir müssen ganz von vorn anfangen, Agnes; ich merke, daß ich dich sonst nicht verstehe.«
Sie nickte.

»Du bist in Augsburg als Tochter des Bademeisters …«
»Nein«, unterbrach sie mich, »so etwas Hohes war mein Vater nicht. Er war nur der Gehilfe. Einer der Gehilfen.« Sie lächelte.
»Aha!« sagte ich. »Deshalb findet man den Namen Bernauer oder Pernauer nicht in den städtischen Registern der Bademeister, als du geboren wurdest.«
»Na eben.«
»Wie alt warst du damals?«
»Eine Sekunde.« Sie lächelte wieder. Ich auch.
»Du bist gern lustig gewesen, nicht wahr?«
Sie nickte heftig.
»Herzog Ernst war der regierende Herzog von München-Bayern und Herzog Albrecht sein Sohn.«
Sie nickte.
»Beim Fasching im Jahre 1428 hast du den jungen Herzog Albrecht kennengelernt …«
»Da stimmt schon wieder nichts.«
»Nanu?«
»Ich kannte Herzog Albrecht schon längst vorher.«
»Und was ist noch falsch?«
»Er war nicht jung, er war schon ziemlich alt.«
»Alt? Das ist doch nicht möglich! Wie alt?«

»Über dreißig.« Sie lachte nicht, aber sie strahlte.
»Und in einen so uralten Mann hast du dich verliebt, Agnes?«
»Ich habe mich nicht verliebt.«
»Gott, jetzt wird es schwierig. Du bist ein seltsames Mädchen. Das Wort ›verliebt‹ stimmt also nicht?«
Sie zuckte die Schultern, als bedauerte sie, mir nicht helfen zu können.
»Bist du nie verliebt gewesen?«
»Vorher? Ja, vielleicht; ich weiß es nicht mehr.«
»Dir haben doch sicher manche Männer gefallen?«
»Viele, glaube ich.«
»Nun, also: Du hast doch lange Zeit in der Badestube gearbeitet? Als was?«
»Als Magd.«
»Und hast viele Männer gesehen. Auch nackt?«
Das amüsierte sie.
»Agnes!«
»Ja?«
»Auch nackt?«
»Aber natürlich, lieber Herr. Die wenigsten steigen mit dem Wams in den Bottich.«
Ich drohte ihr mit dem Finger, und sie war sofort erschrocken.

»Worin bestand deine Arbeit?«
»Das wissen Sie doch. Waren Sie denn nie in einer Badestube?«
»Nein.«
»Ach so! Ich mußte heißes Wasser nachschütten oder die Gäste abtrocknen oder massieren oder einen Imbiß bringen.«
»Und andere Pflichten?«
»Welche?«
»Man spricht von euren Liebesdiensten, Agnes.«
»Es ist nicht schön, daß man das sagt. Früher, ganz früher war es so; das ist wahr.«
»Darf ich dich etwas sehr Intimes fragen?«
»Was ist das?«
»Etwas sehr Vertrauliches.«
»Ja. Ich soll Ihnen alles sagen.«
»Ich möchte wissen, ob du, als du Herzog Albrecht kennen lerntest, noch unberührt warst.«
»Aber, lieber Herr!« rief sie vergnügt.
»Mehrere?«
»Ja, freilich.«
»Also, dann warst du doch verliebt?«
»Ach – das ist so ein Wort. Ich wollte ihnen eine Freude machen. Genügt das nicht?«
»Hat es dir denn genügt?«
»Das genügt doch allen Menschen.«

Ich nickte. »Wahrscheinlich.«
»Sehen Sie.«
»Erzähl weiter. Du kanntest den jungen Herzog Albrecht …«
»Er war nicht mehr jung.«
»Schön. Also: Du kanntest Herzog Albrecht schon lange vor dem Fasching, den ich erwähnte?«
»Ja, lieber Herr.«
»Gefiel er dir?«
»Wie manche andere. Ich habe ihn nicht besonders beachtet.«
»Die Annalen erwähnen immer wieder den Fasching 1428. Was geschah da?«
»Nichts.«
»Sprach er mit dir?«
»Wie früher und wie mit allen. Als er ging, gab er mir die Hand.«
»Zum ersten Mal?«
»Nein. Schon oft; ich glaube, er tat es immer.«
»Also geschah gar nichts Besonderes?«
»Nichts, lieber Herr.«
»Aber – Gott, machst du es mir schwer – aber irgendwann ergriff dich doch die große Leidenschaft für ihn?«
»Ich habe doch keine Leidenschaft gehabt.«
»Für ihn, meine ich.«

»Ich habe doch für ihn keine Leidenschaft gehabt.«
Ich seufzte.
»Agnes, du wirst doch wohl wissen, was ich meine!«
»Ich glaube.«
»Nämlich?«
»Wenn man ganz närrisch nach einem Mann ist – oder?«
»Ja.«
»Ja«, echote sie.
»Wenn man Feuer und Flamme ist«, fügte ich noch hinzu.
»Aha.«
»Was heißt ›aha‹? Du warst doch Feuer und Flamme für ihn.«
»Für wen?«
»Für Albrecht natürlich.«
»Nie! Das wäre doch furchtbar komisch gewesen!« Sie lachte.
»Was ist daran so komisch?« fragte ich ein bißchen ärgerlich.
»Ich habe doch viele Männer gesehen, die Feuer und Flamme waren und nach einem Mädchen zappelten.«
»Zappelten! Das meine ich doch nicht. Ich meine die Heftigkeit des Begehrens und ...«

»Ich habe doch Albrecht nicht begehrt!«
»Was soll denn das nun wieder heißen?«
»Das wissen Sie doch! Es soll heißen, daß es für meine Liebe nicht notwendig war, daß wir zusammenkamen.«
Nun gut, dachte ich, irgendwann werde ich ja erfahren, was mit dem Mädchen geschehen ist.
»Das war der Faschingsdienstag 1428«, wiederholte ich geduldig. »Und dann, Agnes?«
»Dann – am nächsten Tage, da war es da. Ich wachte des Morgens auf wie immer, recht fröhlich, und plötzlich geschah es.«
»Was?«
»Ich war wie von Sinnen, als ich es merkte.«
»Was, Agnes? Was? Ich verstehe es nicht. Was war da?«
»Meine Liebe.«
»Die Liebe?«
»*Meine* Liebe! Jeder Mensch hat nur eine.«
»Von einer Minute auf die andere?«
»Ja. Vielleicht. Ich weiß es nicht mehr.«
Ich wollte ihr helfen, es auszudrücken, und sagte: »Explodiert? Wie wenn man ein Schießpulver entzündet?«
»Ach, lieber Herr, was Sie jetzt wieder für einen Unsinn zusammenreden! Es kann doch nichts explodieren; wissen Sie das denn wirk-

lich nicht? Die Liebe ist doch etwas ganz anderes. Es platzt etwas auf.«

Nachdem sie diesen Ausdruck gefunden hatte, lächelte sie. Sie sah mich rührend an.

Ich kaute an dem Ausdruck herum.

»Aufgeplatzt?« wiederholte ich. »Das Herz, meinst du?«

Sie schüttelte den Kopf.

»Nein, nein. Das dachte ich auch zuerst. Aber es ist nicht das Herz, das aufplatzt. Wenn ich mich recht bedenke, sollte ich auch statt aufplatzen lieber sagen aufbrechen oder aufspringen, weil das lautloser ist, nicht wahr?«

»Nun gut, Agnes, ich verstehe. Aber was ist es, was da aufbricht?«

»Lieber Herr – ich denke schon dauernd darüber nach. Es muß etwas sein, was im Menschen drin ist wie das Herz oder die Lunge oder ...«

»Du meinst doch nicht etwa etwas Körperliches?«

»Nein – wohl nicht, sonst hätten die Ärzte es wohl schon einmal gefunden. Aber es ist etwas, das jeder Mensch hat, ohne es zu spüren, und ...«

»Und wenn er verliebt ist ...«

»Ach, Herrjemineh, lassen Sie doch diese albernen Dinge wie Verliebtheit und Leidenschaft.

Nein, nein! Verstehen Sie denn nicht, was ich meine? Vielleicht kann man mich wirklich nicht verstehen, weil es ja kaum jemandem widerfährt. Das, was da in dem Körper drin ist, meinethalben unsichtbar, ist etwas, worin die Liebe eingekapselt ist. Ja, das ist das richtige Wort. Ich könnte auch – wenn es nicht so dumm klänge – sagen: wie ein Krüglein, das wie durch ein Wunder eines Tages zerbricht und die Liebe in den ganzen Menschen auslaufen läßt. Sie dürfen nicht lachen, weil ich es so unbeholfen erkläre.«

»Ich lache nicht, Agnes, ich nehme es sehr ernst und denke nach.«

»Das nützt nichts, lieber Herr. Ich habe viele Jahre nachgedacht und glaube, daß sicher nur ganz wenige Menschen es nachfühlen können. Wer erlebt das schon? Es geschieht unbegreiflich und unwiderruflich.«

»Und wodurch wird dieses Ausfließen – wie du es empfindest – ausgelöst?«

»Ich weiß es nicht.«

»Durch Albrecht?«

»Es muß ja so gewesen sein, was sonst?«

»Hat er etwas Besonderes gesagt?«

»Nichts.«

»Getan? Was dich gefangennahm?«

»Nein. Ich war auch nicht gefangen. Er wollte mich auch bestimmt nicht fangen. Er war am Faschingsdienstag nicht einmal nett zu mir.«

»Also, Agnes: Das Krüglein zersprang, und die Liebe floß aus.«

»Ach, wie schlecht das klingt.«

»Laß nur. Wir können es halt nicht anders ausdrücken. Die Person, der deine Liebe galt – die wußtest du sofort, ja?«

»Natürlich. Ich war ganz durcheinander, verstehen Sie?«

»Ja.«

»Vor Glück, aber auch vor Verwunderung.«

»Ja, das verstehe ich. War Albrecht denn, als das Krüglein zersprang und die Liebe ausfloß, in Augsburg? Bei dir?«

»I wo! Er kam überhaupt erst zwei Tage später.«

»Ins Bad?«

»Ja. Und doch war es anders als sonst. Er kam auf mich zu, so, wie er vom Pferd gestiegen war, nahm mich in die Arme und küßte mich. Einmal, ein einziges Mal.«

»Sag, Agnes: Warum machen wir so viele Worte? Warum nennst du es nicht einfach deine große Liebe? Das versteht doch jeder.«

»Weil es nicht stimmt. Die große Liebe – wie Sie es nennen, entsteht und wächst doch! Bei mir

ist doch etwas ganz anderes passiert. Ach, ich weiß ja, daß mich nur der verstehen kann, dem es widerfahren ist.«
»Wir müssen also bei deinem Bild bleiben.«
Sie lächelte.
»Also weiter. Er küßte dich. Und du?«
»Ich zitterte.«
»Hast du früher nicht auch gezittert, wenn dich ein Mann, den du gern hattest, geküßt hat?«
»Anders.«
»Agnes, wir werden nicht dahinter kommen. Aber weiter: Liebte Albrecht dich plötzlich?«
»Das weiß ich nicht, Herr. Er sagte kein Wort. Er nahm meinen Vater beiseite und sprach mit ihm.«
»Weißt du, was er sagte?«
»Ja, mein Vater erzählte es mir. Albrecht hatte zu ihm gesagt: ›Ich will die Agnes mitnehmen. Zu mir. Für immer.‹ Mein Vater antwortete sehr grob, und ich wundere mich, daß Albrecht ihm keine Maulschelle gab. Vater sagte: ›Als Fürstenhure?‹ Albrecht hat nur gelächelt und erwidert: ›In deinem Kopf ist lauter Dreck; es bleibt dabei, morgen hole ich sie.‹ Am nächsten Tag kam nicht er, sondern es kamen zwei Junker, die mich nach Friedberg begleiteten, wo Albrecht wohnte.«

»Das ist, glaube ich, nur ein Katzensprung?«
»Ja. Am Tor begrüßte er mich, er zog mich an sich, küßte mich aber nicht. Er führte mich in die Burg, wo sein ganzer Hof versammelt war, und sagte: ›Dies ist meine liebe Braut.‹ Alle rasselten mit den Gehängen. Es waren lauter Männer; eine richtige Junggesellenhöhle. Dann ließ er mich baden und umkleiden, und dann gab es ein Festessen. Als es dunkelte, geleitete er mich, allein ohne Magd, in meine Stube. Er stand mir gegenüber und sagte: ›Ich liebe dich.‹«
»Und du?«
»Ich begriff das Wunder, fiel zu seinen Knien und weinte.«
Wir schwiegen eine Weile.
»Wenn es nicht so gekommen wäre, Agnes, wärst du unglücklich geworden?«
»O nein. Ich wäre ewig voller Sehnsucht gewesen, aber doch nicht unglücklich. Was hat denn meine Liebe damit zu tun, ob ich ihn besaß?«
»Wirklich?«
»Das ist mit der Liebe doch ganz gewiß so!«
»Ich muß dir wohl glauben.«
»Ja, bitte.« Sie sah mich rührend an.
»Was sagte Herzog Ernst in München dazu?«

»Nichts. Er wird wohl das gleiche gedacht haben wie mein Vater: eine Liebelei.«
»Nicht die erste natürlich, von der sein Vater hörte?«
»O nein. Albrecht konnte haben, wen er wollte.«
»War er schön?«
»Schön? Nein, ich glaube nicht.«
»Du sagst: Ich glaube! Du mußt es doch wissen! War er für dich der schönste Mann auf der Welt?«
Sie brach in helles Lachen aus. »Wie komisch Sie sind! Ich habe doch Augen im Kopf.«
»Man sagt: Verliebte seien blind.«
»Ich war nicht verliebt«, wies sie mich zurecht, »die Liebe ist nicht blind, daher kann sie auch nicht verschwinden wie bei Verliebten, wenn sie eines Tages sehend werden.«
»Du hast recht. Hättest du Albrecht auch geliebt, wenn er abgrundhäßlich und bettelarm gewesen wäre?«
»Ich hätte doch müssen! Verstehen Sie das denn nicht? Kennen Sie das Märlein von der schönen Jungfrau, die einen Frosch küßt, weil sie muß?«
»Mich wundert, daß du das Märchen kennst!«
»Lieber Herr! Die Märlein sind doch ganz alt. Was Sie nur denken.«

»Es ist schon spät, Agnes, wir wollen zum Ende kommen. Erzähl weiter! Die nächsten Jahre waren sehr glücklich, ja?«

»Ach, lieber Herr, ich war im Himmel! Nach fünf Jahren, eines Tages, sagte Albrecht, er wünsche, daß ein Priester uns traue. Das geschah auch wirklich. Stellen Sie sich das nur vor! Im Januar 1433. Am 17. Januar hatte er vom Vater die Herrschaft Straubing urkundlich geschenkt bekommen, und am gleichen Tage noch zogen wir von Vohburg, wo wir zuletzt gelebt hatten, nach Straubing um.«

»Straubing ist am weitesten weg von München.«

Sie lächelte. »Eben.«

»Warst du nie am herzoglichen Hof in München?«

»Aber ja! Noch im gleichen Jahr. Albrecht hatte dem Vater unsere Hochzeit mitgeteilt, und Herzog Ernst befahl uns zu sich.«

»Befahl?«

»Nun – ja, er konnte wohl befehlen. Ich war schwanger, und mir schwante Böses, aber die Demütigung, die ich gefürchtet hatte, blieb aus. Herzog Ernst gab mir freundlich die Hand und sagte, er begrüße mich als Eheweib seines Sohnes. Natürlich sah er meinen Zustand, und die geheime Unterredung zwischen ihm und Albrecht muß sehr heftig und von beiden Seiten zornig gewesen sein. Es ging – ach, es ist so dumm, daran zu denken – um das Kind, das ich erwartete und das als eheliches Kind Rechtsansprüche auf die Nachfolge hatte. Aber wirklich gehässig gegen mich war nur Beatrix.«

»Wer ist das?«

»Albrechts Schwester.«

»Jungfer?«

»Nein, mit dem Pfalzgrafen von Amberg vermählt.«

»Was hatte die in München zu suchen?«

»Mich, lieber Herr. Ist das nicht klar? Sie war wohl wütend, daß mir die Münchner so wohl wollten, wenn sie mich zu sehen bekamen.«

»Ja. Aber Herzog Ernst war freundlich?«

»Ich habe es geglaubt.«

»Ihr kehrtet nach Straubing zurück – in Frieden?«

»Ich habe es geglaubt.«

»Warum wiederholst du die Worte? Sie klingen so traurig, Agnes.«

»Ach, verzeihen Sie mir. Das kommt wohl daher, daß wir uns dem Ende nähern.«

»Ein Jahr lang warst du noch glücklich ...«

»Ich war immer glücklich. Auch noch, als sie mich auf die Brücke führten. Ein Jahr noch – das meinten Sie, nicht wahr? – ahnten wir nichts. Ich bekam das Kind, ein Mädchen. Albrecht taufte es Sibylle. Es war gesund und lieb. Im November 34 geschah dann der Zwischenfall auf dem Turnier in Regensburg.«

»Ich weiß, es steht in den Annalen. Albrecht wollte in die Schranken reiten, da wies man ihn zurück: Er sei durch seine unebenbürtige Heirat nicht mehr ritterwürdig. War es so?«

Sie nickte.

»Wer hatte sich das ausgedacht? Ernst?«

»Befohlen kann es nur Herzog Ernst haben. Ausgedacht hat es sich sicher Ernsts Bruder Wilhelm. Er mochte mich nicht.«

»War er böse zu dir?«

»Nein. Er war nur wie der Seifenschaum beim Bader, zuerst blütenweiß und bald schmutzig trocken. Er war falsch, wissen Sie, aber er war sehr klug. Er erreichte es, daß sich Albrecht und sein Vater endgültig verfeindeten. Ach, lieber Herr, wenn mir doch nur einer gesagt hätte, ich sollte mit einem Sacktuch für immer in die weite Welt gehen! Albrecht hätte seinen Frieden gefunden. Aber nach Regensburg war es zu spät, sie hatten Albrecht entehrt.«

»Und was folgte?«
»Er war tief verletzt. Er wollte seinen Vater mit einem kleinen Heer von Gefolgsmännern aus Ingolstadt in München zum Kampf stellen, besiegen und absetzen. Lauter schreckliche Gedanken. Ich hätte ihm so gern geholfen, aber wie? Ich war wie gelähmt. Gott möge mir verzeihen. Albrecht möge mir verzeihen. Mein Kindchen möge mir verzeihen.«
»Du brauchst keine Verzeihung, Agnes.«
»Meinen Sie? Sie meinen, ich habe gebüßt? Ach, mein sehr lieber Herr, als mich die Schergen seines Vaters gefangennahmen, war ich eigentlich nicht traurig. Albrecht war an diesem Tage in Landshut, und ich dankte Gott dafür. Es kam alles, wie es kommen mußte. Ach, dachte ich, so soll ich also mein Glück, so soll ich das Wunder büßen; so soll ich Albrecht befreien, ohne in den Wald gehen zu müssen. Das ist gut, dachte ich. Also werde ich sterben. Gut. Gut. Man las mir dumme Anklagen vor, ich hörte sie kaum. Ich wußte, es war alles beschlossen. Macht schnell, dachte ich, macht schnell, ehe Albrecht kommt. Sie führten mich auf die Brücke, banden mir Hände und Füße und zeigten auf das tiefe Wasser. Ich dachte noch einmal an meinen Liebsten und nickte.«

Sie weinte nicht. Sie lächelte.
Ich sah sie an und konnte nicht widerstehen, ihr noch eine Frage zu stellen, eine Frage, so brennend wie das mittelalterliche »heiß Eisen«. Ich zögerte lange, denn Schmerz bereiten will ich nicht einmal in Gedanken. Und dann fragte ich sie:
»Weißt du, Agnes, daß Albrecht nach deinem Tode sich mit dem Vater ausgesöhnt und noch einmal geheiratet hat?«
Kein Schatten ging über ihr Gesicht, sie strahlte wie die Liebe selbst.
»Ach, liebster Herr«, sagte sie, »Sie hätten mir nichts Schöneres sagen können. Albrecht ist wieder glücklich geworden? Ich danke Ihnen. Ich danke Ihnen. Ich bin erlöst.«
Mir war so elend zumute, daß ich die Augen schloß. Als ich wieder aufblickte, war Agnes verschwunden.

Schweig still!
Vorüber ist der Rausch.
Die sanfte Liebe
zieht ins Herz, ins
zuckende. Es will
zur Ruhe kommen.
Und jage die Gedanken fort,
sie hängen zentnerschwer
an deinen Flügeln.
Wir sind allein,
vergiß die Welt.
Wir sind nicht hier,
wir sind nicht dort.
Wir kreisten um die Sonne
und kehren langsam zurück.
Wir sind noch auf der Reise.
Setz deinen Fuß
behutsam auf die Erde.
Sie ist sehr kalt und hart.

## *Halt dich gut, Exzellenz!*

Goethe schien nach dem Abschied von den Levetzows alle Lebenskraft verloren zu haben.
Er hatte Brösigke noch einen Besuch gemacht, sich auch noch – sehr früh schon – zu Tisch gesetzt und dann gleich niedergelegt.
Aber er konnte nicht einschlafen.
Er stand auf, holte sein Heftchen hervor und schrieb mit zittriger Hand:
»Alles, was mich leben machte, ist geschieden. Ich bin müde. Und wenn ich mich zu Bett legen werde, so ist es der Wunsch, zu vergessen. Ich weiß, daß ich nichts ungeschehen machen kann. Ich weiß, daß nichts meinen Traum mehr retten kann, den ich mir von Marienbad als meinem Wallfahrtsort und Ulrike meinem wundertätigen Heiligenbild gemacht habe.
Es geht über meine Kräfte. Würden mich die Menschen jetzt sehen, der alte Mann würde sie jammern. Ich will schlafen und an nichts mehr denken. So soll der beschämende Tag vergehen.«

Gegen Abend kam Dr. Heidler noch einmal, um nach seinem Patienten zu sehen. Er fand ihn lethargisch, aber körperlich kräftig.
Er erkundigte sich nach dem Appetit, und Goethe meinte, er könne nicht klagen. Ob man noch einmal schröpfe?
Dr. Heidler war kein Freund von Eingriffen, die nicht nötig schienen. Man fühle sich danach immer etwas matt, und das sei schade; morgen käme Frau Milder, die berühmte Sängerin, zu ihm zu Besuch. Gewiß werde sie für den Herrn Geheimrat, sofern er ihr die Ehre geben wolle, etwas singen.
Er versuchte, Goethe vom Schröpfen abzulenken und fügte verlockend hinzu: »Eine große Stimme; Berlin vergöttert sie.«
»Ich weiß«, sagte Goethe. »Ich bin sicher, daß ich mich morgen ausgezeichnet fühlen werde. Schröpfen wir also ruhig noch einmal.«
Die Prozedur vom Vorabend wiederholte sich, und Goethe sah mit großem Interesse zu. Es bereitete ihm sichtlich Genugtuung, daß an ihm eine ärztliche Handlung vorgenommen wurde.
Als Dr. Heidler ging, versprach er, morgen zum Tee zu erscheinen. Es lag in seinem Ton etwas von Zerstreutheit.

Dann klingelte er nach John. Die Erwartung, etwas zu tun, belebte ihn sogleich.
Der Sekretär eilte besorgt herbei. Er hatte an wer weiß was Schlimmes gedacht und mußte das Tagebuch erst holen.
Goethe diktierte ihm vom Vortag: »Der Großherzog besuchte mich in meiner Wohnung.«
Nichts weiter.
Vom heutigen Tage ließ er zum grenzenlosen Staunen Johns schreiben: »Zwei Gedichte vollbracht. Absendung verschiedener Kisten. Nachmittags briefliche Expeditionen an das Museum der Vaterländischen Gesellschaft in Prag. Suite vom Wolfsberg, nach Tepl an Pater Prior Clemens Eckl. Abends mehrere Briefe durch meinen Sohn erhalten. Zugleich das Brewsterische Sendschreiben von Edinburgh.«
»Herr Geheimrat – das alles …«
John war geradezu entsetzt.
»Was ist?«
»Soll ich das eintragen …?«
»Ja.«
»Und die Erkrankung, Herr Geheimrat?«
»Was ist mit ihr?«
»Spätere Zeiten, Herr Geheimrat, werden nicht wissen …«
»Eben.«

John nickte verwirrt. Er stand auf und wartete.
»Worauf warten wir?«
»Auf – auf nichts«, stotterte der Sekretär.
»Gut«, sagte Goethe. »Morgen packe man die Koffer und Kisten, wir fahren tags darauf für vier oder fünf Tage nach Eger. Stadelmann bleibt hier. Frühstück wie immer. Gute Nacht.«
Ehe er sich schlafen legte, ging er nochmals ins andere Zimmer hinüber. Er warf einen prüfenden Blick aus dem Fenster nach dem Himmel, klopfte an das Barometer und rückte den Zeiger nach. Darauf setzte er sich und zog sein Heft aus der Schublade. Eine Weile starrte er gedankenverloren darauf. Dann kramte er einen alten Zettel hervor und notierte:
»... begreif ich nicht, wie du wo anders bist.«
Nach einigem Nachdenken kritzelte er: »Im fernen Bad«, strich es durch und verbesserte »Am heißen Quell.«
Er erhob sich und schritt im Zimmer auf und ab. Für einen Moment trat er wieder zum Schreibsekretär und notierte im Stehen:
»... denn wie ich dich so ganz im Herzen trage, begreif ich nicht ...... bist.«
Dann nahm er seine Wanderung wieder auf. Er hatte die Hände auf den Rücken gelegt und den Kopf gesenkt.

So pflegte er in Weimar zu diktieren, und es sah aus, als diktierte er hier sich selbst. Er bewegte die Lippen.
Schließlich schien er es gefunden zu haben. Er setzte sich wieder und schrieb in sein Heft:

»Am heißen Quell verbringst du deine Tage,
das regt mich auf zu innerm Zwist;
denn wie ich dich so ganz im Herzen trage,
begreif ich nicht, wie du wo anders bist.«

Er überlas es.
Dann nahm er einen Briefbogen und schrieb die Verse fein säuberlich und mit zierlichen Anfangsbuchstaben noch einmal ab.
Er faltete den Bogen, kuvertierte ihn und setzte die Adresse darauf:

»An
Baronesse Ulrike von Levetzow
Gnaden
Karlsbad
Im Goldenen Strauß.«

Nachdem er sein Heft wieder weggeschlossen und den Brief zu seinem Reisegepäck gelegt

hatte, begab er sich zum Fenster. Im Anblick des düsteren Himmels sagte er laut: »Ach, wie ist das alles elend« und seufzte.
Er trocknete sich die feucht gewordenen Augen.

❦

Der »tätige Mensch«, den er so oft im Leben zitiert hatte, wurde in ihm am nächsten Tag wieder lebendig. Es galt, zu handeln; er hatte zu tun.
Seine Zimmer waren bald ein solcher Wirrwarr, daß man nicht nur an eine kurze Reise, vielmehr an einen endgültigen Abschied von Marienbad denken konnte. John und Stadelmann rannten durcheinander.
Kurz vor Tisch kleidete Goethe sich um und machte sich auf den Weg zum Großherzog.
Carl August kam ihm unsicher entgegen. Er versuchte zu erraten, in welcher Verfassung der Freund war.
Offenbar in einigermaßen guter.
»Um es vorwegzunehmen«, begann der Großherzog, »können wir zusammen speisen, oder hast du etwas vor?«
»Nein, ich habe nichts vor.«
»Dann bleibst du, und wir haben Zeit.«

»Ich bin gekommen, um Euer Durchlaucht noch einmal zu danken.«
»Ich will keinen Dank und vor allem kein Durchlaucht hören. Wie geht es dir? Du hast gestern den Arzt rufen lassen?«
»Ja. Ich fühlte mich sehr schlecht. Zwanzig Jahre früher hätte mein Gemüt es leichter ertragen.«
Carl August nickte.
Da Goethe schwieg, fragte er: »Du willst nicht darüber sprechen?«
»Was gäbe es zu sagen?« antwortete Goethe fast leichtfertig. »Es ist eine Geschichte, die mir noch viel zu schaffen machen wird. Aber ich werde darüber hinauskommen. Iffland hätte ein charmantes Stück daraus fertigen können –«
»Sprich nicht so! Laß die Maskerade, alter Knabe.«
»– ein charmantes Stück: ein alter Onkel, der seine junge Nichte allzu heftig liebt.«
»Wir kennen die wahren Gründe der Absage nicht und …«
»Ach, das sind lauter Scheingründe; so etwas ist rhetorisch recht hübsch und gut, aber es kann mir nicht helfen. Verloren bleibt verloren. Alle Einbildung kann mir die glückliche Vergangenheit nicht wiedergeben.«

»Aber es kann dir auch niemand das Erlebnis rauben. Ulrike ist verloren; aber ist sie, nur sie, das Erlebnis gewesen? War das Erlebnis nicht die Liebe an sich? Kann es nicht sein, daß deine Leidenschaft für das Mädchen nicht exklusiv war und daß nicht dieses einzelne Menschenkind, sondern das gesteigerte Bedürfnis deiner Seele nach Mitteilung und Mitgefühl deinen Gemütszustand herbeigeführt hat?«

»Wird das die Welt sagen?«

»Gerade die, die sich berufen fühlen, seelische Regungen zu analysieren, könnten es sagen. Das jedoch sollte uns gleichgültig sein. Ich habe dir nur helfen wollen, deine Liebe als Erlebnis und weniger den Gegenstand deiner Liebe in Erinnerung zu pflegen.«

»Du sprichst sehr klug. Ich verstehe gut, was du meinst. Mich hat gestern abend derselbe Gedanke angeflogen, und ich bin noch elender geworden. Wenn ich nicht die Erinnerung an Ulrike pflegen kann, soll ich dann nur die Erinnerung an eine späte männliche Erregung pflegen? An einen Aufstand der Säfte, um es gemein zu sagen? Nein, dazu ist mir Ulrike zu kostbar.«

»Natürlich. Du weißt, wie ich es meinte.«

»Ja. Du meintest es gut. Meine Natur muß mir helfen, sonst kann es niemand.«

»Ich habe Ulrike auch gern gehabt«, sagte der Großherzog, »und hätte sie mit Freuden in Weimar gesehen. Bertha wäre wohl mitgekommen?«
»Ich hatte mich damit vertraut gemacht, daß alle zu mir ziehen.«
»Amélie sicher nur für kurze Zeit. Sie ist der liebe Quirl, den sich bald jemand holen wird. Eines baldigen Tages wird sie davonfliegen.«
»Nun ja, irgendwann. Ich denke, obwohl ihr Schicksal nicht mit meinem verflochten ist, ungern daran.«
»Wieso?« wunderte sich der Großherzog.
»Ich möchte nicht daran denken, daß auch Ulrike eines Tages dem Beispiel ihrer Schwester folgen könnte. Ich möchte auch nie erfahren, daß sie einem anderen gehört.«
»Ulrikes Mutter wird wohl auch wieder heiraten.«
»Was sagst du da?«
»Hast du nichts bemerkt?«
»Nein. Was soll ich bemerkt haben? Wen?«
»Klevelsberg.«
»Ah! Nun ja. Was geht mich das alles noch an.«
»Er ist bereits den Levetzows nachgereist.«
Goethe schien genug von diesen Nachrichten zu haben und dachte wieder an sich.

»Auch ich verreise«, sagte er, »dies sollte zugleich meine Abschiedsvisite sein. Ich fahre für einige Tage zu Rat Grüner nach Eger. Man packt bei mir schon.«

»Wieso packt man, wenn du zurückkommst?«

»Seit heute früh habe ich meinen Plan geändert. Ich wollte Stadelmann hier lassen und mit John reisen. Ich habe es mir überlegt. Ich fahre allein nach Eger. Meine Leute kommen nach, und dann fährt John mit der Post nach Karlsbad voraus und macht für uns Quartier.«

Der Großherzog war geradezu erschrocken.

»Nach Karlsbad? Du scherzt!«

»Warum soll das ein Scherz sein?«

»Du hast das im Ernst vor?«

»Ja.«

»Du willst Ulrike nachreisen? Ja, was beschwörst du da herauf!«

»Nichts.«

»Na, ich danke! In welchem Licht wirst du stehen?«

»Eines Freundes.«

»Du hast doch nicht etwa immer noch Hoffnungen?«

»Keine.«

Der Großherzog schüttelte den Kopf. »Und was suchst du dort?«

»Die Wärme. Mich friert.«
Carl August schwieg.
Dann sagte er:
»Du wirst danach um so mehr frieren. Warum willst du den Abschied wiederholen? Tu es nicht!«
»Ich kann nicht anders. Es zieht mich mit tausend Fasern zu ihr.«
»Um den Abschiedsschmerz noch einmal zu durchleben. Ist das richtig?«
»Zum Teufel, ja. Ich muß noch mehr herunter, noch mehr leiden, noch mehr gedemütigt werden, um wieder aufzuerstehen.«
»Was stimmt denn nun?« rief Carl August fast ärgerlich. »Suchst du die Wärme, oder suchst du die tiefere Verwundung?«
Goethe war den Tränen nahe.
»Ich weiß es nicht.«
Er erhob sich und reichte dem Großherzog die Hand.
»Wir sehen uns in Weimar wieder. Du wie immer, und ich wie immer. Leb wohl, Durchlaucht.«
»Halt dich gut, Exzellenz. Leb wohl!«

*Auf Wiedersehen und schönen Dank I*

Öl auf Leinwand, 80 × 60 cm
bez. u. r.: »Fernau 84«

## *Komm nach Wien, ich zeig dir was*

Die Wiener-Kongreß-Szene
aus dem gleichnamigen Film

*Wiener Straßen werden mit Girlanden geschmückt, Karossen fahren ein, die Bevölkerung ist in Hochstimmung. Jahreszeit: September.*

STIMME DES SPRECHERS: Ja, der Wiener Kongreß! Herbst 1814! Das waren herrliche Tag. Net nur für die hohen Herrschaften. Für alle.
Sieben Könige sind kommen, Minister und Fürsten gar net zum Zählen. Der Wellington war auch da, dazu der Hardenberg, der Talleyrand für das besiegte Frankreich – was heißt »besiegt«. Auf dem Schlachtfeld schon, aber am Tisch net! Ang'schmiert habens nur die Preußen a bisserl. Na ja. Einer muß ja, net wahr?
Es war eigentlich kein Kongreß, es war ein Venusberg. Ohne Übertreibung.

*Mittag, Sonne, an den Flügeltüren zu einem Saal. Der Rücken eines Lakaien verdeckt zunächst das*

*Bild. Jedesmal, wenn der Lakai sich tief verbeugt, gibt er den Blick frei auf eintretende Herrschaften, darunter im richtigen Moment auch jedesmal die Dame, die der Sprecher gerade mit Namen vorstellt.*

STIMME DES SPRECHERS: *Ein* rauschendes Fest nach dem anderen, *ein* Empfang nach dem anderen, *ein* Diner nach dem anderen –
à propos, das war grad die Fürstin Bagratiòn –
*eine* paradiesische Nacht nach der anderen, *eine* Frau schöner als die andere, russische Comtesserln, französische Baronesserln, Römerinnen, sächsische Baronesserln, Venezianerinnen –
das da eben war die Gräfin Zichy, eine unserer besten! –
Alles im Gefolge der Monarchen als Geheimwaffe mitgebracht. Für unsere Madln sind's schwere Tag gewesen. Aber sie haben sich tapfer geschlagn.
Bitt schön, damit mir uns net falsch verstehn, es ist tagsüber um sehr viel gangen: um die Aufteilung der Landkarten von Europa.

*Abends, Arbeitskabinett von Metternich. Fürst Metternich, eine hohe, hagere Gestalt von 41 Jahren, betritt das Kabinett.*

STIMME DES SPRECHERS: Die Fäden sind alle beim Metternich zusammengelaufen.
Sie wissen, net wahr? Der berühmte Metternich, Fürst, Staatskanzler; a Filou.
*Metternich schließt die Tür hinter sich. Im Kabinett befinden sich bereits zwei junge Damen. Von fern Musik aus dem Ballsaal.*

METTERNICH: Ich danke Ihnen, meine reizenden Freundinnen, daß Sie so pünktlich sind. Das heißt, wo ist denn unsere liebe Gräfin Zichy?

FÜRSTIN GABRIELE AUERSPERG: Gleich kommt sie. Sie teilt bloß noch die Zoferln ein.
*In einem kleinen Raum die Gräfin Zichy in Ballrobe, um sie herum acht reizende Kammerkätzchen.*

GRÄFIN ZICHY *(klatscht in die Hände)*: Steht's net herum wie ein Sauhaufen. Antreten, vorwärts.
*Die Mädchen stellen sich in Reih und Glied auf.*

GRÄFIN ZICHY: Also, ein für allemal, daß mir uns da richtig verstehn. Das ist Staatsdienst, gell? Und noch etwas: Hände weg von die höchsten Herrschaften. Ihr seid's die zweite Garnitur, net wahr. Ihr kümmert's euch um die Herren Staatssekretäre und Adjutanten. Verstehn mir uns?

*Die* ZOFERLN *knicksen und hauchen*: Ja, Frau Gräfin.

GRÄFIN ZICHY: So. Und jetzt laßt's mich amal schauen, was an euch dran ist. *(Zur ersten)* Heb amal das Rockerl. Ja, was denn, höher natürlich. Wie deine Knie ausschaun, kann i mir denken. So ist's recht. Schön groß bist.

1. ZOFERL: Ein Meter siebzig, Frau Gräfin.

GRÄFIN ZICHY: Also, zu die Preußen. *(Sie geht zur zweiten.)* Und du, laß amal schauen. *(Sie guckt ihr in den Busenausschnitt.)* Net schlecht. Schöne Knopferl hast. Die mußt so halb rausblinzeln lassen. Bist auch ganz schön groß, auch zu die Preußen.

GRÄFIN ZICHY *(geht zur dritten, einer drallen Schwarzhaarigen)*: Ja, bei dir ist mir schon alles klar. Zum russischen Staatssekretär.

GRÄFIN ZICHY *(zur vierten)*: Bist du a Bub oder a Madl? Du hast ja gar nix vorn! Hast wenigstens hinten was, dreh dich amal. Hebs Rockerl. Schau, schau. Hätt ich net denkt. Dreh dich z'ruck. *(Sie legt nachdenklich den Finger an die Nase.)* Hör zu, du ziehst dir a Pagenuniform an. Du gehst zum Sekretär vom Wellington. I hab so a Ahnung, daß der des mag.

GRÄFIN ZICHY *(zur fünften)*: Hör amal, du bist doch keine Wienerin?

5. ZOFERL *(knickst)*: I bin aus Tirol.

GRÄFIN ZICHY: A Tirolerin? Was ham denn die besonderes? Wie macht ihr's denn in Tirol?

5. ZOFERL *(lacht)*: Grob, Frau Gräfin.

GRÄFIN ZICHY *(lacht auch)*: Das paßt mir, Madl. Ab zu die Bayern.

GRÄFIN ZICHY *(zur sechsten)*: Blitzsauber bist. Schad, daß i dich weggebn muß. Sehr schad. Du g'fallerst sogar mir. Alsdann, in Gotts Namen, wo willst hin?

6. ZOFERL: Zu der italienischen Gesandtschaft, Frau Gräfin.

GRÄFIN ZICHY *(verdreht die Augen)*: Jessas! An Gschmack hast! Aber bittschön.

GRÄFIN ZICHY *(zur siebten)*: Na, und du? Auch sehr liab. Aber das beste an dir, Madl, das weißt, gell …

7. ZOFERL *(das einen sehr großen, schwellenden Mund hat)*: Meine Brusterl, Frau Gräfin.

GRÄFIN ZICHY: An Schmarrn.

7. ZOFERL: Die Schenkerl?

GRÄFIN ZICHY: Das kann i net beurteilen. Zeig's her!

*Zoferl hebt den Rock.*

GRÄFIN ZICHY: Ja, um Gotts willen, du hast ja nix drunter! Das kommt gar net in Frag, hörst! Bloß net gleich alles herzeign, was ma

hat. Du ziehst mir eine seidene an. Suchet, so werdet ihr finden, ist der Grundsatz von einem anständigen Madl.
Also, du weißt net, was i g'meint hab? *(Zur achten Zofe)* Weißt du's?

*Die* ACHTE ZOFE *schaut die siebte genau an, lacht dann und sagt:* Also, Frau Gräfin, wenn i a Mann wär, dann wüßt ich's: ihr Mund.

GRÄFIN ZICHY: Genau! Ab zu die Franzosen! *(Und zur achten gewandt)* Du scheinst mir ja ein recht ein gescheites Madl zu sein. Sauber bist auch. Du paßt zu die Sachsen! *(Dann, zur ganzen Gruppe)* Also, Madln, noch einmal: Ihr müßt alles tun …

*Die Zoferln lachen.*

GRÄFIN ZICHY: … lacht's doch net, der Satz ist doch noch net fertig. Ihr müßt alles tun, damit die Herren Staatssekretäre, Minister und Adjutanten möglichst wenig zum Arbeiten kommen, möglichst alles vergessen, verschludern, verschlampen, verschlafen, und recht viel erzählen. Und jetzt gehn mir's an.
*Sie verläßt das Zimmer.*

*Zurück in das Kabinett Metternichs, in das gerade die Gräfin Zichy eintritt.*

METTERNICH: Ah, da sind Sie ja, meine Liebe. Also gehn mir's an. Morgen um 10 Uhr findet die erste Abstimmung statt. Um was es sich handelt, brauchen Sie nicht zu wissen …

FÜRSTIN AUERSPERG *lacht.*

METTERNICH: Warum lachen Sie, Gabrielle?

FÜRSTIN AUERSPERG: Um Venetien und die Lombardei geht's, lieber Clemens.

METTERNICH: Ich möcht nur wissen, wer da immer schwätzt. Von wem haben Sie's, Madame?

FÜRSTIN AUERSPERG: Vom Zaren. Gestern nacht.

METTERNICH *(fröhlich)*: Ausgezeichnet. Gut, daß ich das noch höre. Ich muß also umdisponieren, wenn Sie so gut mit dem Zaren stehen. Zuerst hab ich gedacht, wir sollten unsere liebe Gräfin Zichy auf unseren russischen Gast ansetzen.

GRÄFIN ZICHY *(abwinkend)*: Na, dank schön!

FÜRSTIN AUERSPERG: Ich würd auch lieber den König von Dänemark …

METTERNICH *(schüttelt den Kopf)*: Falsch, ganz falsch, meine Liebe. Der König von Dänemark ist schon in Arbeit. Er hat einen sehr rustikalen, einfachen Geschmack entwickelt – ich nehme an, zu seiner Erholung. Ich hab das gleich berücksichtigt …

*Intimes Zimmer im Quartier des Königs Friedrich VI. von Dänemark. Der König, 46 Jahre alt, blond, gemütlich, und ein Wiener Madl sind allein. Friedrich, in Uniform, aber in Strümpfen, sitzt auf einem Stuhl bei einem Glas Wein, auf seinen Knien reitet, ihm zugewandt, mit dem Rücken zur Kamera, mit gespreizten Beinen, eine Mizzi. Sie ist ein dralles, ganz einfaches Kind aus dem Volk, in der oberen Hälfte komplett angezogen, vom Haarschleifchen übers Halstuch bis zum Mieder, aber es fehlt der Rock. Statt dessen hat sie an den nackten Beinen die sporenbewaffneten Stiefel des Königs. Sie spricht stärksten Dialekt.*

MIZZI: Geeeh … saaaag!

KÖNIG VON DÄNEMARK: Was denn, mein Kleines?

MIZZI: Für wen du bist, Majestät?

KÖNIG VON DÄNEMARK *(lacht)*: Was weißt du denn von morgen?

MIZZI: I weiß nur, daß der Zar an Plan hat und daß unser Herr von Metternich an andern hat, und das is schaad, sehr schaaad. Für wen bist du, Majestät?

KÖNIG VON DÄNEMARK: Staatsgeheimnis.

MIZZI: Aber geh! Mir kannst es doch sagn, i bin doch die Königin von Dänemark!

König von Dänemark: Also: Für den Zaren!

Mizzi: Naaa! Naaa! Das derfst net! Das derfst mir net antun, ich bitt dich recht, recht schön für unser liabes Wean!

König von Dänemark *(seufzend)*: Aber Mizzi, ich muß an Vorpommern denken!

Mizzi: Vorpommern? Des kriegst doch eher von uns als wie vom Zaren, der wo mit die Preußen Muschimuschi macht!

König von Dänemark *(betroffen)*: Was für ein Gedanke, Mizzi! Wenn du recht hättest!

*Mizzi*: Gell, du bist für Pommern und Wien, gell?

König von Dänemark: Aber wie werd ich dastehen?

Mizzi: Gar net! Du gehst einfach net hin!

König von Dänemark *(lacht)*: Ja – vielleicht! Nicht schlecht.

Mizzi *(vergnügt)*: Mir verschlafn!

*Wieder im Arbeitskabinett Metternichs, wo er in der Lagebesprechung mit den drei Damen fortfährt.*

Metternich: Ich hab das bei dem Dänen einkalkuliert. Das Töchterl vom Fiaker beim Bankier Arnstein erledigt das. Sehr fesch, sehr resch, sehr g'scheit. Aber Sie lenken mich ab, liebe Fürstin. Der Zar – –

FÜRSTIN AUERSPERG: Täuschen Sie sich nicht, Clemens! Das mit gestern nacht war eine Ausnahme. Der Zar hat in Wirklichkeit nur Augen für die Fürstin Bagratiòn.

METTERNICH *(lächelt)*: Wem sagen Sie das, Kinderl? Aber ich prophezeih Ihnen: Noch heute abend wird er die wilde, schöne georgische Fürstin nichts als hassen.

FÜRSTIN AUERSPERG *(sprachlos)*: Wie bitte?

METTERNICH: Ich hab schon dafür gesorgt. Sie werden das Vergnügen haben, es gleich zu sehen, und dann treten Sie sofort in Aktion. Ziel: Der Zar darf morgen nicht zur Abstimmung erscheinen.

FÜRSTIN AUERSPERG: Und wie soll ich das machen?

METTERNICH: Aber, Gabrielle!

FÜRSTIN AUERSPERG: Ja, das sagen Sie so, Fürst. Der Mensch ist net umzubringen! Aber bittschön, fürs Vaterland!

METTERNICH *(zur dritten Dame)*: Zwischen uns ist alles klar, gell? Sie beißen in unseren englischen Augapfel.

DRITTE DAME: Ja, ja, ja. Aber wissen Sie eigentlich, cher cousin, daß der Lord stottert?

METTERNICH *(scheinbar ernst)*: Nicht am ganzen Körper. Nur, wenn er redet. Und das sollen Sie ja grad verhindern.
Und jetzt kommen Sie, der Zar wird schon reif sein.

## *Komm nach Wien, ich zeig dir was*

Die Erzherzog-Johann-Szene

*Eine Hofkutsche, von vier Schimmeln gezogen, fährt durch schöne Straßen Wiens auf die Hofburg zu. Etwas zurückgedrängt Straßenlärm und Pferdegetrappel.*

STIMME DES SPRECHERS: Einmal, da sind die Wiener direkt Kopf g'standen, in den zwanziger Jahren des vorigen Jahrhunderts. Ein Herzschlag habens fast kriegt, wie sich's herumgesprochen hat, daß sich der Bruder vom Kaiser, der Erzherzog Johann – stellen S' Ihnen vor: ein reifer Mann, ein Feldmarschall, ein Reichsverweser – stellen S' Ihnen vor! –, daß der sich in ein Madl aus dem Volk verliebt hat. Anna Plochl hat sie g'heissen und ist die Tochter von einem Postmeister gewesen.
Es war keine Liebelei – es war ernst. Ja, was heißt ernst: eine Naturkatastrophe war's, gegen die man nix machen kann.
Der Kaiser hat den Kopf g'schüttelt und »nnnna« g'sagt. Einmal. Zweimal. Zehnmal.

Jahr um Jahr ist vergangen, sie haben net voneinander gelassen.
Eines Tages, im Jahr 27 war's, hat der Kaiser seinen Bruder und das Annerl zu sich befohlen.
Die Wiener – den Atem habens ang'halten.
*Inzwischen ist die Kutsche in den Innenhof der Hofburg eingerollt. Johann (45 Jahre alt, in Zivil) und Anna (etwa 30 Jahre alt, im dunklen, seidenen Steyr-Dirndl) steigen aus und werden von Dienern und Adjutanten empfangen und dann durch eine Korridorflucht zum Arbeitszimmer des Kaisers geführt. Der Oberhofmeister begleitet die beiden zur Tür des Arbeitszimmers, öffnet die Flügel und meldet:*

OBERHOFMEISTER: Euer Majestät: Seine Kaiserliche Hoheit, Erzherzog Johann und Mademoiselle Anna Plochl.
*Die beiden treten ein, der Hofmeister schließt von außen die Tür. In dem großen, schönen Raum kommt der alte Kaiser Franz II. (60jährig, langes, schmales Gesicht mit Habsburger Unterlippe), in Uniform, hinter dem Schreibtisch herum und geht den beiden entgegen. Johann macht eine sehr offizielle tiefe Verbeugung, Anna sinkt in den Hofknicks.*

KAISER FRANZ *(per Distanz)*: Grüß dich, Johann.

JOHANN: Grüß Sie Gott, Herr Bruder.

KAISER *(zur Plochl)*: Bitt schön, stehn S' auf, meine Liebe. *(Dann, zum Bruder)*: Hast Herzklopfen, Johann?

JOHANN: Jetzt nimmer.

KAISER: Und warum nimmer?

JOHANN: Ich kann in Ihren Augen lesen, Herr Bruder.

KAISER: Gestern abend bin ich … *(Er unterbricht sich.)* … Sag, Johann, gestern auf d'Nacht, was hast *du* da g'macht?

JOHANN: Ach – nix Standesgemäßes. Ich bin meiner Jagdhündin beim Werfen beig'standen, und die Anna hat Vanille-Kipferl backen.

KAISER *(nachdenklich)*: … hat Vanille-Kipferl backen. Und beig'standen bist. *(Er nickt in Gedanken. Dann.)* Wieviel sind's worden?

ANNA *(lächelnd)*: Zweiundvierzig, Majestät.

KAISER: Was? 42 Welpen?

ANNA *(heiter)*: Kipferl, Majestät.

KAISER *(gütig)*: Ihr seid's ja ziemlich fröhlich.

ANNA: Sechs Welpen und zweiundvierzig Kipferl, Natur und Kunst, gibt's was Schöneres, Majestät?

KAISER: Nein. Wahrhaftig.

Ich selber bin gestern auf d'Nacht in der Oper gewesen, ich hab mir den »Fidelio« von unserm Beethoven angehört.
Und bis heut früh ist mir die G'schicht nicht aus dem Kopf gangen, die G'schicht von dem Gefangenen und dem Mädl Fidelio, das ihr Leben dransetzt, um bei ihm im Kerker zu sein.
*Nach einer nachdenklichen Pause:*
Ich hab dich auch viele Jahre in Ketten gelegt, Johann! Jetzt will ich dich befreien. Hiermit gebe ich euch den Heiratskonsens.

JOHANN *(den Kaiser stürmisch umarmend)*: Franzl! Ich dank dir unendlich! Das ist der glücklichste Tag meines Lebens.

*Der Kaiser wendet sich Anna zu und küßt sie auf die Wangen. Anna nimmt seine Hand und führt sie an die Lippen. Währenddessen setzt erst leise, dann anschwellend ein Orchester mit einem Walzer von Lanner ein. Dann nimmt Johann seine Anna in die Arme und beginnt vor Freude mit ihr sich im Walzer zu drehen, in weiten, schönen Schwüngen durch den ganzen Raum, während der Kaiser hinter den Schreibtisch flüchtet.*

❦

Bildschöne Frauen erleben das Schicksal der Bibel.
Man hat sie, aber man liest nicht darin.

❦

## *Großmutters erster Ball, Berlin 1873*

Sie sah mit ihren achtzehn Jahren reizend aus in ihrem ersten schulternackten, enganliegenden, seidenraschelnden Kleid mit kurzer Schleppe, schön ihre zart modellierte, mädchenhafte Gestalt, wie sie Adolph von Menzel auf seinen Cercle-Bildern so wunderbar und rührend dargestellt hat. Menzel war auch da, denn er wohnte nur hundert Schritte von unserer Villa entfernt »Am Karlsbad«. Jetzt stand er in einer Fensternische, zeichnete heimlich einen Herrn, den er nicht kannte (es war der junge Rudolf Mosse, der soeben das »Berliner Tageblatt« gegründet hatte), und runzelte jedesmal finster die Augenbrauen, wenn in einem Duft von Rosen und Nelken reifere Damen, hochaufgerichtete dekolletierte Germanias, an ihm vorüberstrichen. Er haßte Parfüm.

Das Parkett unter dem großen Gaskronleuchter war noch leer, alle Gäste standen und saßen in den Nischen oder in den Nebenzimmern, während drei Lohndiener mit Tabletts unermüdlich umhergingen. An der Schmalseite des Salons waren fünf Musiker plaziert. Der Dirigent, Maître Veurel oder Vernet (ich kann es in dem Tagebuch nicht entziffern), wartete auf das Zeichen meines Urgroßvaters, der, einen Finger in die Frackweste gehakt, dastand wie das Sinnbild der Dauer und Unwandelbarkeit.

»Ich kann Ihnen nicht sagen, Papa«, flüsterte unsere junge Großmutter, »wie schön die Welt für mich ist!«

Unser Ur-Großvater lächelte und drückte ihre Hand.

»Ich danke Ihnen für so viel Güte, Papa. Ich bin sehr aufgeregt –«

»Man zeigt es nicht.«

»Nein, ich weiß. Aber ich bin ein schwaches Mädchen, das am liebsten niemals von Ihnen und von Mama gehen möchte. Das sage ich, Papa, weil mir heute mehr denn je ahnt, daß ich nun bald einmal vor diesem Schritt stehen werde.«

»Ach ja«, seufzte unsere Ur-Großmutter.

»Natürlich«, nickte der Vater, »das ist Naturgebot. Eines Tages wirst du einem Mann begegnen, dem du dann angehören wirst, und …«

»Ein schreckliches Wort, Papa.«

Der Vater warf einen strengen, fragenden Blick auf seine Frau: »Ich hoffe, Henriette, du hast mit Elisabeth über gewisse intime Dinge gesprochen?«

»Doch, doch, Mama hat«, fuhr das Mädchen schnell dazwischen und errötete, »ich glaube nur, es ist alles ziemlich schrecklich … das mit einem Mann … wenn er mit mir …«

»Genug, Kind, ich bin nicht schwer von Begriff, du brauchst es nicht auszusprechen. Es ist keineswegs schrecklich, wie du es zu nennen beliebst; ich denke, Mama und ich haben dir das gegenteilige Vorbild gegeben. Es ist die Erfüllung. Das sind Dinge, Elisabeth, von denen du in deinem Alter und in deiner Situation das Prinzipielle wissen, das Detail nicht erforschen, das Emotionelle nur ahnen solltest. Dies scheint mir eine Maxime für ein junges Weib zu sein, das noch im Elternhause ist. Wie eine Ehe verläuft, Kind, kann man so wenig wissen, wie ein Gespräch verläuft. Ein Gespräch kann jedoch nicht fehlgehen, wenn es anständig geführt wird, verstehst du, anständig; wenn es verständnisvoll, taktvoll, diskret und höflich ist. Wer ist übrigens der junge Mann dort, mit dem unser guter Fontane spricht?«

Das hätte er nicht sagen sollen. Elisabeth-Charlotte sah daraufhin den Gast zum erstenmal mit Bewußtsein, und er sah sie. Sie sahen sich pfeilgerade in die Augen. Er war in den Köpfen der Eltern gewiß nicht als mein Großvater vorgesehen, aber er wurde es.

Nachdem der Ehrentanz mit dem Vater vorüber war, landete Elisabeth-Charlotte bei den Klängen der soeben berühmt gewordenen Strauß'schen »Schönen blauen Donau« in den weißbehandschuhten Händen meines jungen Großvaters. Mein Großvater hatte einen etwas kurzen Hals, was beim Frack immer noch besser ist als ein zu langer. Aber er wirkte dadurch kleiner, als er war. Ihre Gesichter waren sich sehr nah, was meinem Großvater ausnehmend gut gefiel. Er hielt das Mädchen lose und dezent in den Armen.

»Ich bin dem Herrn Fontane«, sagte er, »sehr verbunden, daß er bei Ihrer Frau Mama meine Einladung erwirkte. Ich kenne hier in Berlin nicht viele Menschen und wollte so gern ein paar der jetzt so beliebten Hausbälle mitmachen, ehe ich wieder nach Danzig heimkehre.«

»Oh, Sie fahren wieder fort? Sie sind in unserem schönen Bernstein-Schmuckkästchen zu Hause?«

»Wieso Bernstein?« fragte er verwundert. »Die Bernsteinküste liegt doch weit weg von Danzig.«
»Tatsächlich? Nun, ich liebe Bernstein auch nicht. Aber Danzig liebe ich.«
»Wie schön, Mademoiselle, kennen Sie es gut?«
»Gar nicht.«
»Ah!« Mein Großvater schwieg betroffen. Dann raffte er sich auf: »Aber sagen Sie mir bitte, wie man etwas lieben kann, was man nicht kennt?«
»Kann man das nicht? Dann bitte ich um Entschuldigung. Ich wollte Ihnen nur eine Freude machen.«
»Ich glaube, Sie sind sehr lieb.«
»Ich glaube nicht. Ich bin nur etwas verwirrt. Mein Vater pflegt zu sagen, daß ein Gespräch, genau wie eine Ehe, vor allem verständnisvoll und höflich geführt werden solle.«
»Sie lieben Ihren Herrn Vater sehr?«
»Ich verehre ihn.«
»Und Sie können mit ihm über derlei Dinge, über Ehe, Liebe, Erotik reden?«
»Wo denken Sie hin!«
»Eben. Ich dachte nur, hier in Berlin sei vielleicht manches üblich, was bei uns unmöglich wäre. Aber ich möchte wissen, wie es in dem

Köpfchen einer so behüteten, entzückenden jungen Dame in diesem Punkte aussieht?«

Er wartete gespannt.

»Verschwommen!« sagte Elisabeth endlich. »Schauen Sie, wie ehrlich ich bin. Ist das schlimm?«

»Es ist wunderschön. Ich meine: ehrlich zu sein, ohne den Charme einzubüßen. Glauben Sie, daß ich Ihrer Frau Mama morgen meine Aufwartung machen darf?«

»Es ist so einfach: Fragen Sie sie. Gehen wir nachher zu ihr. Sie steht bei Herrn Fontane, Ihrem Freund.«

»Ach! Sie wird ihn jetzt um mein Signalement ersuchen.«

»Natürlich«, antwortete unsere Großmutter unbefangen, »das ist sehr wichtig. Man muß vernünftig sein, nicht wahr?«

»Manchmal, gnädiges Fräulein, wünschte ich, ich wäre ein Schauspieler, dann könnte ich machen, was ich wollte, und könnte kein Ansehen mehr verlieren. Verstehen Sie das?«

»Ich möchte gern ja sagen, aber ich fürchte, es wäre für mich in höchstem Maße unschicklich. Ich dürfte nie Schauspielerin werden. Ich bewundere die Wolter. Vor allem ihren Wolter-Schrei. Aber ich bitte Sie, wer schreit im Leben schon so! Bringt Schreien mehr Glück als Stillsein? Die vom Theater sind doch sichtbar unglücklicher als wir.«

»Sie lieben stärker als wir.«

»Das dürfen Sie nicht sagen«, fuhr Elisabethchen flammend auf, »dafür gibt es nicht den geringsten Beweis! Jemand sehr innig und voller Vertrauen und Bewunderung zu lieben, ist stärker, als jedes Jahr zweimal um einen anderen Mann Krakeel zu schlagen und sich schamlos aufzuführen.«

»Aber, meine Gnädigste, liebste, reizendste Elisabeth-Charlotte!« Er lachte. »Was wissen Sie denn, was Liebe ist?«

Unsere Großmutter besann sich ohne Eile, dann antwortete sie: »Ich kann noch nicht mehr wissen als eines: Für mich ist Liebe mit Vorsatz verbunden und nicht mit Begierde. Da ich den Wunsch habe zu lieben, werde ich auch dazu kommen, zu lieben. Mein Vater würde nie erlauben, daß ich einen unwürdigen Mann heirate.«

»Aber, liebes, gnädiges Fräulein, das klingt, als erwarteten Sie die Liebe erst als Folge der Heirat. Sie müssen doch den Mann schon, bevor Sie sich verloben, liebhaben? Oder? Spreche ich Ihnen zu modern und gewagt, wenn ich sage, Sie müssen ihn, ehe Sie ihn als Gatten und

Ernährer achten lernen, begehren. Verstehen Sie: begehren! Mit den Sinnen!«

Das Mädchen seufzte.

»Das kenne ich aus Büchern, dieses Wort. Ihr Männer führt es im Munde und wünscht es. Nun, dann seht zu, daß es so kommt. Mein Gott! Wovon sprechen wir? Ich habe doch meinen Vater auch nicht ersehnt, und doch liebe ich ihn jetzt. Ist das töricht, was ich eben gesagt habe? Lassen Sie uns Mädchen träumen; wir versprechen auch, lieben zu wollen.

Ich möchte auch viele Kinder haben. Mein Vater pflegt zu sagen: Ein Kind ist ein Spielzeug der Eltern und verdirbt leicht. Man muß viele Kinder haben. Ich habe auch noch drei ältere Brüder. Mein Vater sagt immer: Eine Familie mit fünf Kindern ist eine Gemeinschaft, wo keine falsche Sentimentalität aufkommt und wo jedes Kind frühzeitig lernt, daß es nicht allein auf der Welt ist. Mein Vater denkt sehr sozial, müssen Sie wissen; er sagt, große Familien erziehen untereinander sozial. Verstehen Sie das?«

»O ja –«

»Ich nicht ganz. Aber das macht nichts. Wollen wir zum Büfett hinübergehen? Bitte! Ich bekomme immer Hunger, wenn ich aufgeregt bin.«

»Sind Sie's?«
»Ja. Aber ich möchte nicht, daß man es merkt. Merkt man es?«
»Keine Spur. Sie sehen entzückend aus!«
»Essen Sie doch von diesen Brötchen, sie sind gut!«
»Unmöglich für mich, ich habe bei Kempinski lukullisch gegessen.«
»Oh! Kempinski!«
»Nun bin ich in Ihren Augen wohl ein Lebemann? Aber ich war eingeladen. Man ißt heutzutage köstlich. Sehr kultiviert. Enorm! Jetzt verstehe ich, warum alle älteren Herren einen Spitzbauch – pardon – Embonpoint haben.«
Elisabeth-Charlottchen lachte.
»Es sieht stattlich aus!«
Unser Großvater überlegte.
»Das ist wahr. Merkwürdig genug. Oder ist das nur eine Zwecklüge der Damen, die in Wahrheit meinen: Laßt wohlbeleibte Männer um mich sein etc., sie sind leichter zu haben?«
»Aber nein, sicher nicht! Es gibt doch nichts Schöneres als einen so recht stattlichen Mann. Ah, Gott –« Seufzend aß sie noch ein Filetstückchen und betrachtete den jungen Mann an ihrer Seite verstohlen.

»Ich rudere viel«, fiel es unserem Großvater ein zu bemerken.
»Himmel! Müssen Sie stark sein!« entrang es sich den Lippen Elisabeth-Charlottes.
Es schien ihr eine Gewähr für vieles.
Ja, so war das.
Leider war er *nicht* stark. Er starb früh. Man könnte sagen: so früh, daß er das Leben nicht genossen hat. Aber ich bin nicht sicher, ob wir damit recht haben. Wenn Glück Abwesenheit von Leid ist, so hat er es genossen. Wenn Glück animalisch ist, hat er es *nicht* genossen. Wenn Glück Illusion ist, hat er es erlebt.

*Nicht herschauen*

Öl auf Leinwand, 60 × 80 cm
bez. o. l.: »Fernau«, 1985

## *Von Bruthennen und Gazellen*

Lieber Dad!
Ich habe seit einer Woche nichts von Dir gehört und würde mir Sorgen machen, wenn ich nicht wüßte, daß die Invasion der Fremden nach Italien begonnen und die Zahl der Ansichtskarten eine Milliarde erreicht hat. Ich nehme an, daß die italienische Post daher ihre alljährlichen Briefe-Verbrennungen vorverlegt hat. Von Florenz ist diese Sitte nicht verbürgt, wohl aber von Süditalien. Ein Kommilitone, gebürtig aus Kalabrien, hat mir einen Eid geschworen, selbst gesehen zu haben, wie man in einem Badeort einige Säcke voll Ansichtskarten einfach im Hof anzündete. Ich fragte ihn, ob man vorher die Marken abgelöst habe. Diese Unterstellung empörte ihn, und er antwortete: Wir sind doch keine Diebe!
Aus meiner langen Vorrede hast Du, lieber Dad, sicherlich bereits den Argwohn geschöpft, daß jetzt etwas Wichtiges kommt, und zwar etwas, was zu erklären mir Schwie-

rigkeiten macht. Die Sache ist die, daß ich mich verknallt habe. Ich stehe dem Ereignis ziemlich ratlos gegenüber, denn – Daddy, fasse Dich – zwei anderen geht es, wenn mich nicht alles täuscht, genauso. Sie vertreten die französische und die deutsche Nation. Wir sind also drei. Drei gegen das gesamte männliche Italien. Die Geschichte ist um so komplizierter, als es sich um meine Freunde Maurice und Hans handelt, die Du aus meinen Briefen bestens kennst.

Die erste, wenn auch nicht größte Peinlichkeit ist, daß die beiden den gleichen Geschmack haben wie ich als Brite. Was soll ich davon halten? Bin ich entartet oder entwickelt sich der Kontinent mit Riesenschritten? Das zweite, was zu bedenken wäre, ist, daß am Ende unsere Wasserball-Mannschaft auseinanderfallen wird, die wir eben erst nach einer Mißstimmung wieder zusammengeleimt haben. Das alles ist aber nichts im Vergleich zu einer dritten Peinlichkeit. Was tue ich, wenn ich dieses verdammte Mädchen nicht bekomme? Wenn sie sich in einem Anfall von Umnachtung einem anderen zuwendet? Muß ich mich dann nach Indien melden? Oder wo sind wir sonst noch unerwünscht?

Und nun, Daddy, erlaube, daß ich Dir Deine zukünftige Schwiegertochter vorstelle.
Sie ist neunzehn Jahre alt. Sie ist dunkel, 1,68 groß und ohne Zweifel Gottes ursprüngliches Modell für die weibliche Menschheit gewesen. Ihre Zehen sind so frisch und tadellos geformt wie ihre langen braunen Finger. Ich erwähne das, weil es über ihre Makellosigkeit mehr sagt, als vieles andere. Das Schönste an ihr aber ist ihre Fröhlichkeit und ihr strahlendes Lächeln, für das sie nicht nur ihre roten Lippen und weißen Zähne, sondern auch ihre schwarzen Tausend-Watt-Augen hinzuzieht. Vater ist gestorben, er war Bankbeamter. Soviel ich weiß, hat er nie Schecks gefälscht. Das ist also in Ordnung, wenn auch nicht faszinierend. Die Mutter ist eine sehr jung und gut aussehende Vierzigerin, die von einem Bauernhof in der Nähe von Florenz stammt; genau gesagt aus Vinci, wo auch der weitaus bekanntere Leonardo da Vinci herkommt.
Sie heißt Gabriella. Ich finde den Namen hinreißend. Ich würde auch Agatha bei ihr hinreißend finden. Gewöhne Dich jedoch an Gabriella – ohne Abkürzung, bitte –, Dad. Als ich vor zwei Jahren nach Florenz ging, um Deinen studentischen Spuren zu folgen, warntest Du mich

vor den italienischen Frauen und nanntest sie die heiligen Kühe Italiens. Ein absoluter Volltreffer, Dad! Italien ist voll von Bruthennen, die nur von Eierlegen und Hemdenbügeln träumen. Ihre Moral ist streng reglementiert und enthebt sie allen Denkens. Auf diese Weise haben sie alle Kräfte ihres Gehirns frei für das Putzen ihrer Salons, das Einrollen der Teppiche während des Sommers und für das Ausfahren ihres Fiat-Cinquecento. Wenn sie wenigstens eine englische Marke fahren würden! Der Mann ist für sie in frühen Jahren ein gefährliches Geschlechtstier, später der Tankwart der Familie. Sein Berufsleben ist ihr nicht nur schleierhaft, sondern auch völlig Wurst. Korrigiere mich, Daddy, falls ich mich irre. Eine Heirat zwischen einem Nordeuropäer und einer italienischen, derart gestrickten weiblichen Person kommt der Heirat zwischen einem erwachsenen Mann und seiner zehnjährigen Tochter gleich. Oscar Wilde hätte es vielleicht Sodomie genannt. Alles richtig, und ich danke Dir für Deine mir seinerzeit übermittelte Erfahrung, Dad. Und nun stelle Dir vor, Du begegnetest in den Straßen Indiens inmitten der äsenden heiligen Kühe einer Gazelle!

Ich sage nicht mehr. Seit Herbst vorigen Jahres kenne ich die Familie, seit unserer Rückkehr

aus den Ferien sind wir (Maurice, Hans und ich) mehrmals in der Woche abends zu Besuch bei ihrem Bruder Carlo und damit bei ihr. Seit zehn Wochen rast der Tantalus-Bazillus in mir. Ich versuche, mich nicht zu verraten, sie weiß es also nicht. Ob sie etwas von den beiden anderen unleidlichen Burschen weiß, ist mir unbekannt. Carlo wacht über sie und hat stets ein stehendes Messer im Stiefel.
O Daddy, sie ist wert, Deine Tochter zu sein! Shelley und Byron wird sie noch lernen, richtig englisch allerdings nie. Das fällt jedoch nur außerhalb Englands auf. Und das werden wir verhindern, wir werden sie in Mayfair einsperren, und sie wird die Blume unseres Serails sein.
So rede ich daher, Dad, und bin in Wahrheit in tausend Zweifeln. Anfangs genügte mir alles, um glücklich zu sein; aber inzwischen sollte sich etwas tun. So oder so, damned!
Herzlich Dein Leslie.

## *Lob des Junggesellen*

Der berühmteste Junggeselle war Heinrich der Achte von England (der mit den sechs Frauen)! Dieser Satz stimmt nicht, aber er ist gut. Denn Junggeselle wird oder bleibt man nicht, man ist es. Von Geburt an.
Man kann an eine Wiege herantreten und sagen: »Armes Wurm, du bist ein ›Familienvater‹.« Oder man sieht hinter die Tüllgardine, erblickt zwei Augen, bekommt plötzlich selbst kleine Lustfältchen um die Augen und sagt: »Mit diesem Sprößling, gnädige Frau, endet Ihr Name, wenn auch vielleicht nicht Ihr Blut.«
Dreißig Jahre später begegnet man ihm verheiratet. Nanu? Habe ich vor dreißig Jahren etwas über seine Verehelichungsmöglichkeit ausgesagt? Nichts, im Gegenteil! Eine Ehefrau bedeutet gar nichts. Es gibt Menschen, die müssen alles haben. Das ist nun einmal so, wenn es auch merkwürdig ist.
Wir wollen einen Schritt weitergehen, zur nächsten Ecke. Junggeselle sein ist etwas ganz

anderes, es ist ein Lebensstil. Die Germanen waren es nie, sie hatten das Heldische im Blut, aber die Engländer zum Beispiel sind die geborenen Junggesellen. Sie haben es sich auf ihrer Insel seit langem sehr gemütlich gemacht. Natürlich muß man Geld haben. Junggesellen haben immer Geld. Dennoch werden sie von Frauen nicht wahrhaft tief geliebt, wie das doch sonst zu sein pflegt. Es herrscht ein überaus merkwürdiges Wechselverhältnis: Die Frauen sind durch einen echten Junggesellen stets beleidigt, so, wie Marktfrauen beleidigt sind, vor deren Ständen man herumsteht, auf deren Tischen man herumwühlt, um dann schief zu lächeln und zu gehen.

Goethe, ein echter Junggeselle trotz Frau von Stein, hat diese Situation gegenüber den Frauen in einem Gedicht festgehalten, das mit Recht so geschätzt wird: »Ihr glücklichen Augen, was ihr je gesehn, es sei wie es wolle (!), es war doch so schön!« Es bezieht sich auf die Junggesellen, zweifellos, er überschreibt das Gedicht sogar ganz offen »Der Türmer«.

Sie können sich nun sicher unschwer vorstellen, welche Seligkeiten ein Junggeselle erlebt. Junggesellen leben in einem permanenten Paradies. Sie sind oft herrliche Kindsköpfe geblieben und stets etwas flegelhaft. Ein Familienvater, wie zum Beispiel der Philosoph Hegel, schreibt in seinem Vorwort: »Zu ganz besonderem Dank verpflichtet bin ich den Herren der Akademie.« Der Junggeselle Schopenhauer schreibt in seinem Vorwort: »Wie könnte ich erwarten, daß die schon in frischer Jugend durch den Unsinn Hegels verrenkten und verdorbenen Köpfe noch fähig seien, tiefsinnigen Untersuchungen zu folgen? Sie sind früh gewohnt, den hohlsten Wortkram, den läppischsten Aberwitz und die rasendsten Wortzusammenstellungen, bei denen sich etwas zu denken der Geist vergeblich martert, für Philosophie zu halten … Meine letzte Zuflucht ist, den Leser zu erinnern, daß er ein Buch, auch ohne es gelesen zu haben, doch auf mancherlei Art benutzen kann. Es kann eine Lücke seiner Bibliothek ausfüllen, wo es sich, sauber gebunden, sicher gut ausnehmen wird, er kann es auch seiner gelehrten Freundin (!) auf die Toilette legen.« (Toilette heißt hier Frisiertisch.) Ist das nicht schön?

Wer spricht so – ein Junggeselle! Ach, wie sich einem da die Brust weitet! Wem außer einem Junggesellen würde es einfallen, einen Ball in einem Braubottich zu veranstalten, auf der

Pompejussäule in Alexandria mit seinen Freunden den Punsch zu trinken oder wie jener britische Admiral ein Glühweinfest zu geben, wo der Glühwein ein Marmorbecken füllte, in dem ein kleiner Bengel, als Hebe verkleidet, in einem Bootchen aus Acajou-Holz herumfuhr und die Gäste mit einem goldenen Schöpflöffel bediente; oder wie Thomas Spencer 1818 in allen englischen Zeitungen zu annoncieren, man möge ihm »nie weiter als 1 Shilling kreditieren, da ich fest entschlossen bin, nichts zu zahlen oder je bezahlen zu lassen«; oder zu wetten, 15 Meilen in einer Stunde auf einem Pferde, mit dem Gesicht zum Schwanz, zu reiten, oder zu wetten – – –

Ich will Ihnen jetzt kurz beschreiben, wie Junggesellen wetten: Sie sitzen im Café, der Regen schlägt an das Fenster.

Darauf sagt der eine: »Wetten, daß dieser Tropfen eher unten ist als der hier?«

Der andere muß darauf sofort und ohne hinzusehen antworten: »Eine Flasche Heidsieck Dry Monopole.«

Jetzt erst sieht er hin. Und zwar stellt er fest, daß der Tropfen des anderen von vornherein zwei Zentimeter im Nachteil war. Sie beugen sich jetzt beide angestrengt vor. Der eine steht auf und stößt die Kaffeetasse um, der andere hält den Mund dicht an die Scheibe und haucht sie an.

»Durch Wärme«, muß er dazu sagen, »durch Wärme wird der Tropfen dünnflüssiger und rinnt schneller.«

»Dünnerflüssig!« verbessert der andere.

»Wieso? Dünnflüssiger!«

»Gut, wir sprechen noch darüber.«

Der Ober kommt, wischt den Tisch trocken und schiebt eine neue Tasse hin. Die beiden werden abgelenkt und verpassen die durchs Ziel gehenden Tropfen.

»Gestatten, meine Herren«, entscheidet der Ober, »der linke war Sieger. Meinen Glückwunsch, mein Herr!«

Ich komme nun zum Schluß. Die Junggesellen, die echten, lege ich Ihnen hiermit an Ihr Herz. Die Menschheit ist ein bißchen stumpf und alt geworden in zweitausend Jahren Ehe. Wir sollten es uns wieder einmal, wie die Junggesellen, seelisch bequem machen. Das ist etwas Wunderbares. Wer es fertigbringt, dies auch noch von Zeit zu Zeit den Frauen in künstlerischer Form zu präsentieren, vielleicht, indem er plötzlich einmal mit dem Küchenhandtuch die »Stumme von Portici« oder Marcel Marceau spielt, der wird etwas ganz Erstaunliches erleben: Seine Frau wird lächeln (nachsichtig), auf ihn zutreten, ihm durch das Haar streichen und sagen: »So kenne ich dich ja gar nicht, Liebster.«

Obwohl er so viel Würde als Familienvater aufgegeben hat, wird er einen Grad an Popularität erreichen, wie ihn etwa Clark Gable hatte. Das ist ja auch dessen ganzes Geheimnis. Alle Frauen müssen glauben, sie seien die einzigen Mitwisser dieses Geheimnisses. Ein Leben ohne Geheimnis aber führt geradewegs in den Kältetod. Meine Herren Ehemänner! Lernt so geheimnisumwittert zu sein wie die Junggesellen, lernt vor allem, so viel Geld zu haben!

Wie schön das Spinnennetz
im Mondlicht leuchtet!
Leg dich ganz sanft zu mir,
zerreiß dem Mond
die Harfe nicht.

## *Absolvo te*

Zum ersten Mal nach längerer Zeit sauste Gabriella wieder zur Kirche Santa Lucia dei Magnoli und ließ sich in den Beichtstuhl fallen. Wie immer war sie etwas atemlos.

»Sie sind es doch, Monsignore?« fragte sie vorsichtshalber, da sie den Priester nicht erkennen konnte.

Der Pfarrer nickte mit dem Kopf: »Ich bin es, jawohl. Aber *ein* Beichtvater ist wie der andere, Gabriella; was sind das für Fragen! Du beichtest nicht mir, du beichtest Gott!«

»Ich beichte ja gar nicht, Monsignore, ich muß Sie etwas fragen.«

»Verrichte erst dein Gebet, Gabriella!«

Zehn Sekunden Stille.

Dann: »Ich muß Sie etwas fragen, Monsignore –«

»Frage.«

»Ist es eine Sünde, wenn ich einen Mann küsse?«

Auch zehn Sekunden Stille.

»Das kommt darauf an, mein Kind. Wenn es der Vorbote der Liebe ist, nicht. Außerdem ist es selbstverständlich, daß keiner der beiden Teile gebunden ist, auch innerlich. Daß du, Gabriella, ungebunden bist, das weiß ich –«

»Nichts wissen Sie, Monsignore.«

»Wie sprichst du denn mit mir?«

»Verzeihen Sie, Monsignore, es ist mir so rausgerutscht; ich muß im Beichtstuhl ja aufrichtig sein.«

»Was bist du nur für ein Mädchen, Gabriella! Ich kenne dich jetzt mehr als zehn Jahre und kenne dich doch nicht.«

»Gott kennt mich schon«, beruhigte ihn Gabriella.

»Ja, das ist wahr. Denke daran. War das alles?«

»Nein, Monsignore, ich habe noch eine Frage.«

»Stelle sie«, seufzte der Pfarrer.

»Ist es eine Sünde, wenn ich *zwei* Männer küsse?«

»Kind! Ist das Theorie oder Praxis? Antworte mir sofort!«

»Natürlich antworte ich, Priore! Es ist eine rein theoretische Frage.«

»Ich glaube dir, Gabriella, und ich bin recht froh. Zwei Männer – Kind, genausogut könntest du sagen drei –«

»Nein, nein«, unterbrach ihn das Mädchen hastig.
»Oder zehn. Oder hundert. Das können doch nur sündige Küsse sein.«
»Zwei auch?«
»Meine liebe Gabriella«, sagte der Priester geduldig, »tu mir den Gefallen und geh jetzt nach Hause. Sieh, draußen wartet ein anderer, der beichten möchte und der es vielleicht nötiger hat. Du mußt Gott auch nicht mit jedem Kinkerlitz behelligen, er hat zu tun. Und ich auch. Nicht wahr: Es ist doch Theorie?«
»Ich schwör's!«
»Ach Gott, jetzt schwört sie auch noch! Absolvo te. Grüße deine liebe Mutter.«

Liebe ist unbarmherzig:
Wenn sie den einen erhört, muß sie den anderen verwerfen.

## *Ars amandi für Alexander*

Lieber Alexander,
heute feierst Du Deinen 6. Geburtstag, der Ernst des Lebens ist vorbei, jetzt beginnt die Schule, in der Du zum ersten Mal frei von allem Zwang der Erziehung Deine ganze reiche Persönlichkeit entfalten kannst.

Wenn ich Dir hier wieder einmal schreibe, so deshalb, weil Du jetzt in dem Alter bist, in dem Du Dich für Frauen interessieren mußt. Ich habe gehört, daß ihr in der Schule erst mit neun Jahren in Liebesdingen aufgeklärt werdet, was ich für viel zu spät halte. Daher stelle ich diesen Brief unter das Thema

ARS AMANDI.

Bitte, glaube nicht, daß ich bei dem ersten Wort zwei Buchstaben vergessen habe! Nein, mein Sohn, es ist lateinisch und heißt auf deutsch: »Die Kunst, ein junges Reh zu tranchieren.«
Natürlich muß man dazu ein Verhältnis haben.
Die Vorbedingung für ein schönes Verhältnis zu den Frauen ist, sie erst einmal zu begreifen. Jede Frau wünscht sich das: Keine Scheu also! Schon Goethe hat gesagt: »Wo du hinfaßt, ist es interessant.« Das stimmt, wie meistens bei Goethe. Aber bedenke auch, daß einer Frau etwas fehlt, was wir Männer oft in reichem Ausmaße haben, rühre nicht gleich daran, warte ab. Du verstehst, was ich meine: die Logik.
Auch wird nicht jede Frau Dir liegen. Von hundert kaum achtzig. Damit mußt Du Dich abfinden. Versuche nicht, mit Gewalt in sie zu drin-

gen. Den Zauberstab, dem sich jeder Sesam öffnet, gibt es nicht.
Du wirst, lieber Alexander, auf dem Wege zum Erfolg vielen Konkurrenten begegnen. Das ist lästig. Andererseits erstrahlt nach einem Sieg Deine Männlichkeit um so heller. Die Zahl der Skalpe macht den Häuptling.
In der Hauptsache sind es vier Typen, die Dir in die Quere kommen werden. Um sie auszuschalten, prügele Dich in Gegenwart einer Dame nicht, sondern erledige alles geistig. Da ist zum Beispiel diese Type:

Körperlich ist da wenig zu machen, wie schon seine Ohren zeigen. Versetze ihm den geistigen K.o., sage einfach: »Nanu? Du hier? Hat der Zoo heute Ausgang?«

Diese Ausgabe hier

ist geistig gefährlich, denn sie ist der Klassenprimus, der mit seinem Wissen protzen wird.
Er könnte zum Beispiel ganz schweres Geschütz auffahren und behaupten, er habe »Faust« gelesen und kenne die »Jungfrau von Orleans« auswendig. Antworte ihm: »Ich nicht, ich habe bei ihr geschlafen.«
Paß auf: Hier muß Deine Angebetete lachen, und Du hast gewonnen.
Lacht sie aber nicht, so kennt sie den Witz, ist also vor 1900 geboren und damit nicht Dein Jahrgang.

Um den Schönling brauchst Du Dir keine Sorge zu machen. Frauen lieben harte Burschen, und die sind nie schön. Wende Dich zu Deiner Dame und sage, indem Du über die Schulter mit dem Daumen auf den Schönling deutest: »Willst du mich nicht deiner Schwester vorstellen?«

Aus. Erledigt.

Wir kommen nun zum vierten Typ, der in zwei Gruppen zerfällt. Gemeinsam haben diese Kerle den Glauben, daß Uniformen stets großen Eindruck machen. Die einen schwören

dabei auf die alten, die anderen auf die modernen.

Jacke wie Hose, mein Junge. Beide wollen Helden sein, das ist die Sache. Du mußt Deiner Dame also vor Augen führen, daß sie Armleuchter sind.

Zum Beispiel: Ihr wollt eure Dame besuchen. Leider blockiert ein bissiger Köter das Gartentor. Eure Angebetete steht am Fenster, macht aber keine Miene, die Bestie zurückzurufen.

»Na, vorwärts, General«, sagst Du laut.

Nichts rührt sich natürlich.

Das ist Dein großer Augenblick. Du ziehst einen starken Knochen hervor (man sollte immer einen bei sich haben) und hältst ihn dem Köter quer vor die Gitterstäbe hin.

Dann öffnest Du lässig die Gartentür und durchschreitest sie; nicht ohne dem General und dem Sheriff noch ein »Good bye« zuzurufen.
Du trittst vor Deine Dame, verbeugst Dich nonchalant, greifst Dir graziös in den Mund und bietest ihr Deinen Bonbon zum Lutschen an.
Was wirst Du sein?
Beneidet.
Und das ist schöner als geliebt. Und auch moderner.

Herzlich Dein
Joachim Fernau

## *Altmodisches Glück*

❦

Da rauch ich so mein Piepchen
und schaue auf mein Liebchen
und fröne meinen Triebchen,
ich bin ein Tagediebchen.

❦

## *Am Morgen danach*

Hannes erwachte, als es neun Uhr war. Er erwachte von mauzenden Tönen, und es dauerte eine Weile, ehe er feststellte, daß es Bele war, die an Hand dieser Tonleiter aus dem Schlaf kletterte. Es war das erste Mal, daß er mit einem Mädchen eine Nacht, eine ganze Nacht und das seltsame Erwachen geteilt hatte. Bele also mauzte. Er fand es zuerst störend; dann fand er es komisch und schließlich, als ihm alles (er nannte es in Gedanken »alles«) wieder zu Bewußtsein gekommen war, rührend.

Er erhob sich vorsichtig, wusch sich so lautlos wie möglich, zog sich an und verließ das Zimmer mit dem Vorsatz, Blumen zu kaufen.

Auf seinen Lippen lag ein Lächeln, denn er war sehr glücklich über die Idee mit den Blumen. Eine Sekunde lang versuchte sich sein Stolz noch höher hinaufzuschrauben durch die Erinnerung an das ewig muffelnde Erwachen seiner Eltern, aber sein Gesicht verzog sich sogleich. Er mußte sich Mühe geben, zu verges-

sen, daß die Alten »das alles« auch machten. Er mußte sich ernstlich Mühe geben; er merkte, daß es in ihm gleich wieder kochen würde. Er dachte an die Blumen, aber er hatte keine große Freude mehr daran. Mit den Händen in den Hosentaschen und absichtlich knickebeinig stieg er in die Hotelhalle.
Die Vorstellung, den schon wieder amtierenden Portier (den »Zahnarzt« nannte ihn Bele) nach einem Blumengeschäft zu fragen, reizte ihn aufs neue. Er ging, ohne dem Gruß zu antworten, aus dem Hause.
Nach zehn Minuten kam er zurück. Er trug eine Rose, eine einzige; was er schick fand. Er trug sie mit dem Stiel in der Hosentasche; über die Knospe hatte er die Hand in die Hüfte gestemmt.
Bele war wach und fast angezogen, als er ins Zimmer trat. Sie lächelte, und er lächelte auch. Er zog die Rose hervor und sagte: »Dieses Gemüse ist für dich. Von deinem dich liebenden und so weiter.«
Sie nahm die Blume und tat, was alle Menschen als erstes tun, sie roch daran.
»Unser Benzin-Esel«, fuhr er, zum Fenster tretend, fort, »ist auch noch da.«
»Guten Morgen, Hannes.«

»Morgen, Bele«, sagte er, ohne sich umzudrehen.
Sie trat hinter ihn und legte ihm, die Rose krampfhaft in der Rechten, beide Arme um den Hals. Sie hakte das Kinn über seine Schulter und schaute eine Weile den weißen Wolken zu, die am Himmel spazierenfuhren.
»Hannes – ist das alles wahr?«
»Na, es wird wohl Zeit, nicht? Wie alt sind wir denn!« antwortete er, ohne den Kopf zu wenden.
»Ich bin furchtbar jung und du auch, Hannes. Dein Vater würde sagen, gewogen und zu leicht befunden.«
»Ja, ich weiß. Bei denen geht's nach Gewicht.«
Sie lachte. »Ich möchte mit dir jetzt rasch einmal ein Stück fahren. Ich habe so große Lust auf hundertzwanzig.«
Er drehte sich um. »Verrückt, Bele. Aber warte, Dich kriege ich schon noch zum Schwitzen. Komm, jetzt gehen wir frühstücken.«

Nun könnten wir doch fröhlich sein!
Im Abendlicht sind auch die kahlen Häuser
schön.
Die Fenster gegenüber blitzen, Gardinen
schließen sich, es ist die gute Stunde,
sich zu lieben.
Schließ auch dein Fenster. Und wer bei dir ist,
dem leg die Hände auf die Schulter.
Vergiß ein Lächeln nicht und denke:
Jetzt glühen Trauben in der Sonne, die satten
Birnen und die Äpfel springen in die Hand,
die Gräser schaukeln, und der Igel wackelt
zu der Wasserschale. Späh durch den
weißen Tüll, bevor du liebst, noch einmal
aus dem Fenster: Wie friedlich ist die Welt.
Nun könnten wir doch fröhlich sein.

## *Der Gegenwart ins Stammbuch*

Kein »vernünftiger« Mensch betrachtet heute die Liebe noch als individuelles, großes, elementares Schicksal. Der existenzgeängstigte Mensch will das Wort gar nicht hören und hat die Vorstellung von »elementar« und »Nemesis« völlig aus seinem Leben verdrängt.
Unsere Zeit betrachtet die Liebe, genauer gesagt: die Liebesillusion, als eine Sache, auf deren Lieferung jeder Steuerzahler Anspruch hat. Bei Nichtgefallen geht die Illusion retour.
Verstehen wir uns richtig: Nicht nur die Frau oder der Mann geht retour, auch die Illusion. Wird eine Ehe geschieden, so bedeutet das: Er paßte nicht zu ihr, oder sie paßte nicht zu ihm. Niemand außer ganz rückständigen Menschen würde heute noch sagen: Sie liebten sich nicht.
Keine Spur, sie liebten sich! Das wäre ja gelacht, einen unbescholtenen Bürger mit der Vermutung zu diskriminieren, er besitze nicht

die große Liebe! Und im übrigen wird er in vierzehn Tagen wieder heiraten; eine junge Dame, die er lieben gelernt hat.

❦

Psychotherapeuten und Seelenberater, die heute in der Welt ihre Buden aufgetan haben wie vor 400 Jahren die Hautärzte beim Ausbruch der Syphilis, geben ein erschreckendes Bild von der erotischen Melancholie der Frauen. Aus den Schlafzimmern weht sie der Mißmut an.

Die Frauen wissen nicht mehr, wie das ist, wenn der Liebende sie mit seinem ganzen Schicksal und seinen Sinnen umkreist. Zeugung findet noch statt. Aber Zeugung und Liebe, ja sogar Zeugung und Wollust sind endgültig voneinander getrennt. Der Fortpflanzungstrieb beschränkt sich auf das erste Kind; es wird gezeugt wie ein Ersatzreifen.

Alle, alle Beobachtungen, alle Geständnisse, alle Berichte deuten darauf hin, daß die Frau arm dran ist. Wie arm, das weiß sie zum Glück nicht mehr. Was hat Luther gesagt? »In der Woche zwier, macht im Jahr hundertvier?« Ach, meine Lieben! Das ist es doch nicht! Eine

Frau, selbst wenn sie zweimal pro Woche Zeus empfangen würde, ist arm dran! Nicht ein Gast aus dem Olymp und nicht ein Gast aus dem Büro darf es sein, um sagen zu können: Ich bin unendlich reich.

❦

Der Mann unserer Zeit ist Centaur: Oben Mensch, unten Auto. Das Gespräch des Mannes mit seinem Wagen ist unvergleichlich nuancenreicher als das nächtliche Liebesgeflüster mit seiner Frau.
Ich weiß nicht, ob die Nächte und Umarmungen schon so öde, so routinemäßig, so abonniert, so dümmlich, so simpel sind, wie sie Kinsey von Amerika berichtete. Ich weiß nur eins: Der Brunstschrei, den man in unseren Städten in allen Nächten hört, kommt nicht aus den Kemenaten. Der moderne Brunstschrei ist das Kreischen der Bremsen.

❦

Die wunderbare Blume, die bis heute in Millionen Nächten leuchtete und der Gruß an den großen Pan war, ist am Verblühen.

Die Nacht birgt kein Geheimnis mehr.
Es gibt für die Menschen von morgen nur noch drei wahrhaft populäre nächtliche Beschäftigungen: Entweder sie schlafen, oder sie saufen, oder sie fahren Auto.
In diesem Sinne: Gute Nacht!

*Die Texte sind folgenden bei Herbig erschienenen Titeln entnommen:*

»Guten Abend, Herr Fernau«

»Disteln für Hagen«

»Und sie schämeten sich nicht«

»Weinsberg«

»Ein Frühling in Florenz«

»Ernst & Schabernack«

»Mein dummes Herz«

»Sappho«

»Brötchenarbeit«

# Joachim Fernau

## *»Deutschland, Deutschland über Alles ...«*

**Eine humorvoll pointiert geschriebene Chronik**

*Seit beinahe fünfzig Jahren lassen sich immer neue Lesergenerationen faszinieren von dieser mit grimmigem Humor und feinster Ironie lächelnd dozierten deutschen Geschichte.*

**Herbig**